遗忘玻璃鞋

李静◎著

青岛出版社

图书在版编目(CIP)数据
遗忘玻璃鞋 李静著. 一青岛: 青岛出版社, 2005.1
(拨浪鼓青春书系)
ISBN 7 -5436 -3262 -4
Ⅰ. 遗... Ⅱ. 李... Ⅲ. 长篇小说-中国-当代 Ⅳ. 1247.5
中国版本图书馆CIP数据核字(2004)第137042号

遗忘玻璃鞋

作　　者　李　静
责任编辑　刘耀辉　**E-mail:** bolanggupku@163.com
特约编辑　刘丽杰
全书插画　杨斌斌
装帧设计　翡　翠
出版发行　青岛出版社　经销　新华书店
社　　址　青岛市徐州路77号(266071)
本社网址　http:// www.qdpub.com
邮购电话　13335059110　5814611—8664　传真　(0532) 5814750
照　　排　青岛新华出版照排有限公司
印　　刷　胶州市装潢印刷厂
出版日期　2005年2月第1版　2005年2月第1次印刷
开　　本　32开(890mm×1240mm)
印　　张　7
插　　页　8
字　　数　130千
印　　数　0000 1～2 0000
书　　号　ISBN 7 - 5436 - 3262 - 4
定　　价　16.80元
盗版举报电话　**(0532)5814926**
青岛版图书售出后如发现印装质量问题，请寄回承印厂调换。
厂址:胶州市郑州东路318号　邮编:266300　电话:0532-7212480
本书建议陈列类别:原创青春小说　校园小说

loading…… 精彩就在后面

云彩聚了又散，青春的脸庞遥不可及。记述时光是一件忧伤的工作，这忧伤从此马不停蹄……

——本书题记

（一）

蓝天白云下的尖顶小城，在不及一平方公里的空间中，矗立着本市最美丽的建筑。蜜糖色的石砖，把整个空间堆砌得欧风盎然。新鲜的天鹅绒与白漆栅栏勾勒出的走道，茂盛的法国梧桐，一切都和谐而美好。

我放眼这所美丽的校园，心中没有波澜万丈，一颗心很平静，只存有淡淡的怀恋……

就在昨天，王叔叔把一份"私立雅未高中"刚批下的入学通知书交给我。这是爸爸生前吩咐他办的最后一件事，也是爸爸留给我的最后一份礼物。

今天，我就带着它跨进这所闻名全市的私立高中。

"子菲!" 随声一个巴掌甩在了背上，我差点喋血校园。

贾晓一脸灿烂，拖着硕大的密码箱窜到我面前。这个臭丫头，从来就没有时间概念，迟到20分钟是正常的。只有我能忍她！

"这么早啊？" 我阴着脸问。

"咦~？头发剪短了！又碰到什么不开心的事啊?" 她一副很了解我的样子说。

"哪有啊，你少乘机岔开话题!"我答得有点心虚。

"刚才大桥堵车嘛。别生气了?"她双手合十，皱起八字眉道歉。

“这个理由上次用过了。”我提醒她。真没创意！

“啊？呵呵呵~~~，是吗！？”哼！竟敢无视我的嗔怒，还笑得这么BT(变态)。千万不能让别人误以为我和她是同类，还是快闪吧！

“好了好了，晚饭我来请可以了吧？”贾晓以为我真生气了，忙拖着她那只笨箱子赶上来，还厚脸皮地挽住我的胳膊。

“哪那么便宜，你又不是第一次迟到！”我将计就计，剑眉倒竖地质问。

“那你要怎么样啊，大小姐？”她无奈地看着我。

“要你穿上鲨鱼战衣到百货商场去展览！”我毫不留情道。

贾晓瞪大眼睛，像看妖怪似的看着我，夸张地大喊：“我的妈！你好毒啊！”

我立刻露出胜利者迷死人的笑容。这才注意到她今天的打扮：无袖露肩粉色棉衫配上色彩缤纷的波点短裙——真是娇巧可爱。

贾晓是我的同窗兼死党。贾叔叔和我爸爸以前是生意上的伙伴，我们俩可以说是一起玩着泥巴长大的。她披肩的酒红色头发很软，发稍烫得翘翘的，总是身穿艳丽的衣服，像个漂亮的芭比娃娃。再加上她活泼随和的性格，总是前呼后拥一大群朋友。但她偏偏最爱粘着我玩，还煞有介事找了个冠冕堂皇的理由：“咱俩住得近，省力些嘛！”不过，老实说我们的确有很多相似的地方，比如都讨厌肥皂剧、不喝碳酸饮料、喜欢看帅哥、把学习看成负担、特别不爱写家庭作业等等。别人是学到高中，而我们是玩到高中。不一样的是贾晓仍有着漂亮的成绩，而我没有。她是凭着自己聪明的头脑考进这所高中，而我是仗着爸爸的关系挤进这里。不是说十个美女九个聪明吗？本人勉强也算是美女吧，不过真的很遗憾那么巧我就是那十个当中唯一一个例外的！

打闹的同时,我们已置身教学楼里。

“走了一圈也没看见什么新生报名处,不会是在柱子里面吧?”贾晓语毕还饶有兴致地拍了拍墙柱子。这个笨蛋!一定是《哈利·波特》看多了。

“我们还是分头找吧,我走这边!”不等她答应我就先溜了。在路上看到个人捏着小拳头敲墙柱子,嘴里还念念有词的,你能不走吗?

什么鬼学校,也不画个箭头指指路。难道在楼上?还是问问吧!啊,前面正好有两个人,一男一女。咦?这个男的走路还挺有型的,说不定是个帅哥,哈哈~。想到这里就心花怒放,完全忽略了旁边还有个那么大的障碍物。

“请问~~”

就在我开口的同时,前方传来“咚”的一声,外加一个女生的尖叫。

My God!现在是什么状况?走路也能摔跤?还摔得这么难看,他可真丢脸!怎么办?还要继续问他吗?不行不行,还是躲起来好了!哎呀~~,不能笑啊,要忍住!忍住!!就在我考虑躲哪好的时候他已经拍拍身上的灰站了起来,目光四射,眼睛像探照灯似的搜索。千万别回头啊!!但这句祷告我还是说晚了,在180度的方向他已经发现了目标人物——我。

这一回头倒是给了我惊艳的感觉!眼前是个绝对吸引人的家伙:一张颇有气质的脸,凌乱而稍长的栗色头发,耳垂上有两个很薄的金属环。即使隔着镜片也可以看出他的瞳孔很漂亮——我还是第一次看到那样迷人的颜色,忍不住想多看两眼。不过这一想法只存活了短短1秒,因为我马上记起了刚才发生的事:光天化日之下,在平坦的地板上,没穿高跟鞋的他竟平白无故地摔了一跤！居然能犯这种低级到非人类会犯的错误，此帅哥在我心中建立下不到2秒钟的美好印象已消磨一半。

“……你不许告诉别人！”他看了我0.75秒后犹豫着开了口。

“虾米?”我的嘴张成O字形，简直不敢相信自己的耳朵。记得我没得幻听啊。这家伙是白痴吗？还是存心要逗我笑?！不行了，不行了，实在忍不住了！虽然我已经很努力地憋住，但嘴角还是不可抑制地往上翘，而且，此刻心中对他的好感也已荡然无存。他旁边的女孩很有教养地伸手捂住嘴轻笑了一声，又像怕被发现似的马上规规矩矩站好。

“你笑什么，新来的？不认识我?”他快速打量我一番后就把头别到旁边，满不在乎地问。

“你~都说是~新来的了，那我~怎么会~认识呢?”我憋住笑，声音一抖一抖地答。

他好像没听见我说的话，自顾自地把黄色外套脱下来，用有点厌恶的表情看着外套上那一块刚才弄脏的地方，好像在考虑还要不要再穿上。呵，难道这家伙有洁癖?

“嗯，那个~我可以走了吧?”我好心地提醒他旁边还有我这个人。

“行了，你走吧！”他连眼角也不扫我一下，不屑地挥挥手算是放过我，然后就搂住那女孩的腰若无其事地走人了。

我飞快地点一下头，转身跑开，跑的途中笑到眼泪都流了出来。来这里的第一天就碰到一只花瓶——不对，是一个花痴(花瓶+白痴)，这学校还真真是别具一格啊！

“你抽筋啦！知道我找你多半天吗?”贾晓不知从哪儿冒出来的。

“啊！找到报名处了?”我好容易止住笑，问。

“是啊~~~~！前面的黑板上写着呢,在三楼!”贾晓拖长了音表示她的不满。

“哎呀！是有原因的,刚才啊……”我把刚才的奇遇告诉了贾晓。

“哈哈哈哈~,傻蛋,还真是此地无银！他长什么样?”贾晓笑得很夸张,要用手支撑才能直起腰杆。

“很帅啊,99分吧!”我答。

“真的??哈哈哈~,都说帅哥无脑,看来是真的耶!”

“不是啊！好像是胸大无脑吧!”我纠正她的错误。

“不都一样嘛!”臭丫头白我一眼。

当时我并不知道,这个我们激烈讨论着的男孩将会成为我心中永远的痛。

(二)

新生报名处是用一间教室临时改的,此时正值高峰时段,里面人潮汹涌,队伍扭扭曲曲地排到了门外的走廊。

真没想到今年的新生这么多。“哇靠！人气很旺啊!”我微张着嘴惊叹。

“是啊！子菲,我看我们还是外面候着吧!”贾晓见状无奈地耸耸肩。

我正欲回答,一个长着薯片脸自称张校长又矮又胖的人把我们拉到了门外。

“你就是子菲啊？哎呀！都长得人模人样啦……”他一边说着还笑容可掬地拍拍贾晓的肩。

我怎么听这话有点不对呢？难道本小姐之前是“人模狗样”的??

“啊~？我不是，她才是子菲！”贾晓伸出大拇指朝我晃了晃，姓张的这才恍然大悟般把他那只堆满肉的肥手又移到我的肩上。

“哦哦~，你就是子菲啊！呵呵~，瞧瞧！比小时候漂亮多了！上次见面你还是个拖着鼻涕到处跑的小丫头片子呢！哈哈~。”他吃力地抖动着肥胖的身体笑了起来。

我突然觉得胖人其实挺可悲的，连快乐的时候也会觉得累吧？

他见我没啥反映，也没什么笑的倾向，讪讪地把双手背到了身后，挺起“当官的”特有的将军肚。

“咳咳~，是这样，你哥于帆都跟我说了，我也给你们都安排好了。拿好行李跟我来吧！”说完自顾自地走在了前面。

不妙！姓张的好像生气了！这可怎么办？人家毕竟是校长，把他得罪了以后还怎么在学校混啊！其实，我也不是有意跟他过不去，只是实在不习惯假笑，那样很累啊！

贾晓对我使了使眼色，她也看出来了，示意我跟上。

就这样，张校长走在前面，我和贾晓随后。路上大家都不说话，只是左穿右绕地走。走了半天，行李越来越重，骨头也越来越轻，我俩都开始东倒西歪了。如果不是学校太大，就是校长大人在故意绕圈子！

终于我们在一栋低层楼房前停了下来。

“这里是教工公寓，不过现在整个二楼都对学生出租。你哥怕你在家养尊处优惯了（这句话就有点火药味），不适应集体生活，所以帮你们租了个一居室。就在二楼靠左边的第一间，这是钥匙，你哥该准备的都帮你们准备好了。”张校长边说边把房间的钥匙递给我。

他顿了顿，又忽然想起什么似的从西裤口袋里掏出一个小记事本

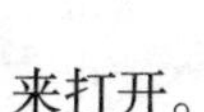

来打开。

“那个，和你们一起住的还有一个女孩子，就是你们高二(3)班的文艺委员。她因为有时要去咖啡馆弹钢琴，怕晚了学生宿舍锁门，所以租了公寓。其实还是她先租的，你哥来的时候已经全满了，幸好她愿意跟你们合租。蛮好的一个女孩，叫旋惠，明天过来。你们以后就多互相帮助吧！”

听张校长说完，我和贾晓上楼。还没到楼梯口，他又喊住我。看来还是逃不了，才来第一天就要上政治课啦！只见张校长一脸严肃地走过来……

“子非啊！我知道你爸爸去世给你全家都带来了很大的打击，可是这已经是一个事实了，你只有坚强地去面对它。我知道你还是很伤心，刚才我一直不敢提这事，怕你难过。我这人不怎么会安慰人，尽说些让你不高兴的话……我只是想让你知道，虽然你没有爸爸了，可是还是有很多人关心你的，特别是你哥！”

他停了停，把刚才的小册子再放回裤子口袋。

“我跟你爸是多少年的朋友了，他帮过我很多忙，虽然这些对他来说只是举手之劳。也许他并没有把我放在心上，可是，对我来说他一直都是一位很重要的朋友！所以，子非，我现在唯一能为你爸爸做的就是让你在这里快快乐乐地读到毕业。你以后有什么事可以直接来找我，我毕竟是校长，能帮你的我会尽量帮的。”张校长说完，送上一枚很温馨的微笑。

看着他有些蹒跚的背影，我突然觉得那张薯片脸其实很可爱。心里有什么东西在膨胀，鼻子微微发酸。我仰起脸，看很远很远的天空。它蓝得就像最美的矢车菊的花瓣一样，很久都没有一片云彩飘过来。

贾晓没有说话，只是默默地陪在我的身边，轻轻地把手搭在我的肩上。

爸，我好想告诉你，你有个很好的朋友，你还记得他吗？你还能听到我说话吗？

（三）

到了二楼，贾晓迫不及待地开门进房。

“呵！这地方还真不错嘛！”瞧她那副激动的样子，就像服完N长的劳役刚被放出来的。

不过话说回来，在学校能住这样的房子的确很难得。客厅里有电视、冰箱和沙发。房间大小住三个人刚好，里面摆了三张一样款式的床，用两个水蓝色的床头柜隔开，靠墙是个带镜子的大衣柜，也是水蓝色，旁边有一扇窗户。最有趣的是地上还铺了印有斑点狗图案的地毯。这一定是哥特意买的，和我家的房间里的一模一样。他知道我从小体质较弱，到了冬天没地毯不行，所以提前预备了。（他每次见我穿少了就生气，说我跟林黛玉似的还要要风度，呵呵。）

谢谢你，哥！我好喜欢这儿。张校长说得对，我有你，有妈，还有贾晓，这就够了。

看着这间漂亮的小房子，我和贾晓情绪高涨——以后一切都可以随心所欲，哪怕我们想在家具上刻下自己的名字。我们把行李一扔，躺在柔软的床上欢畅地翻来覆去，沉浸在喜悦中。

“喂~，饿了吗？我们出去吃点什么再顺便补货回来怎么样？”我提议说。

“Good idea！先等我一分钟！”贾晓翻身下床，从客厅把她的宝贝箱子拖进来打开，翻出一件 ESPRIT 的粉色吊带连身花边裙。

“穿这件行吗？”她拿着裙子在镜子前比了比，问我。不等我回答就自言自语地说：“嗯，还可以，就这件吧！”然后很快地换上。

“好了！走吧！”她习惯性地掠了掠头发。我起身带上门出来。

下楼才发现天色已暗，黄昏的阳光映落在一片蜜糖色的建筑物上，全校仿佛涂上一抹黄金，算得上是“书中自有黄金屋”的最佳写照。

我们跑到校门后街的面摊吃炒面。那炒面辣得我猛喝果汁。

“出来吃个饭用得着特地换衣服吗？”我觉得贾晓穿这么贵的裙子坐在简陋、掉漆的木凳子上很不搭调。

“衣服是用来穿的，你留着煮汤啊！”这衣服跟煮汤有什么直接或间接关系吗？

“不是，我留着修灯泡！”我瞥到屋顶的吊灯随口说。

“修你个头！有衣服不穿，你白痴啊！”贾晓白我一眼。

“少来，你明知道我妈喜欢我穿得像只粽子！”

“所以咯！母命难违，像我就不用担心了！”她幽幽地道。

我轻轻捏了捏贾晓的手算是安慰。

“喂，你说那个旋惠是个什么样的女孩啊？”贾晓似乎领会了我的安慰，调转话题问，歪着脑袋好像在想像旋惠的样子。

“是个好女孩啊！张校长不说了嘛。”我嘴里咬着面答。

“什么时候这么听老师的话了你！”贾晓推推我。

“反正名字还不错！”我笑。

说说笑笑地竟然吃了半个钟头，吃得两个人汗津津的，肚子也鼓圆了，于是便买了杯木瓜奶到街上慢悠悠地压马路。

我们直走得肚子没那么撑了才折回超市补货。

出来的时候天已经黑透了，于是便决定拎着几大包零食回公寓。

（四）

谁知都走到了楼下贾晓才突然想到还没买牛奶又说自己内急就夺过袋子风风火火地上了楼，丢下我一个人去买可恶的牛奶。

抬手看表，已经8点半了！怎么时间过得这么快？不过话说回来，就算是9点也不算太晚啊！怎么会一个人也没有呢？学生都还没有来吗？还是这一片本来就没什么人气？哎，不管了！总不能上去跟贾晓说牛奶卖完了吧，那也太逊了！

眼下有两条路可以走到最近的便利店。回来的那条路只有很弱的几盏路灯，看过去突然觉得有点害怕。贾晓真是的，明知道我怕黑嘛！再望向另外的一条路，一样的黑。啊！好像有个人在那儿，就坐在路灯下面的长椅上。太好了！就走这边吧。

好暗，我连那个人是男是女都看不清，隐约看到tā穿白色的上衣，很显眼。周围很安静，我慢慢地往tā的方向走，已经很近了，但还是看不清楚。唉，真没辜负我400度的近视眼。路灯的光芒很弱，在黏稠的黑夜里无力地亮着。

我离他只有两米了，看体形是个男生。就在我快走到他身边的时候，他突然开始很剧烈地咳嗽。咳嗽声毫无征兆地划破宁静，吓得我浑身一哆嗦。他怎么啦？我下意识地看了看四周。天！怎么这种好事总被我赶上？

我赶紧过去用手指轻轻触了触他的手臂："喂！你怎么了？"

随着我话音的落下他也停止了咳嗽,移开捂在嘴上的手朝我摆了摆,示意没事。我忽然觉得眼前发黑,腿软得要命,差点昏倒——因为我看到他手上有殷红的液体从指缝中渗出来。

他连忙用另一只手扶住我。

“哦！谢谢,我没事,就是有点晕血!”我这才看清他的样子:脸很俊朗,但面色苍白,神情冷淡,带一点点慵懒。他穿白色的短袖衬衫,头发一丝一缕地遮住了眉毛。

才来第一天就撞见两个帅哥,以前怎么就没发现自己中奖率这么高？还好我马上意识到他刚刚吐了血,及时地克制了自己的想入非非。真是可怜！也不知道是不是得了什么不治之症。唉,自古俊男多薄命!

“晕血?”他微微扬了扬嘴角,扶我坐下。我忽然觉得他笑起来的样子似曾相识。

“你,得了什么重病吗?”我故意不看他,尽量显得轻松一点。

他转头看着我,很严肃地一字一句地问:“是啊,你不怕传染吗?”

“不,不会吧?”我“腾”地一下站起来,结结巴巴地问。不过我马上就后悔了——这样多伤人自尊啊！可为时已晚,我只能尴尬地僵在那里。看到我踌躇的样子,他却突然笑了,放肆地大笑。

我有点懵,愣愣地看着他。

莫名其妙的他不知从哪里摸出一瓶干红,在我眼前晃了晃,淡淡地说:“刚才呛到了!”

好熟悉！说话的样子,笑的样子,还有眼神里的那股邪气,都好熟悉。

回忆瞬间如潮水般涌来,时空转换到五年前,回到那条有 47 根电线杆的街道。空气中飘着那家 6 – 11 便利店的木瓜奶味,我仿佛看见靠着单车等在巷口的少年。那是祁恒！他脸上洋溢着邪气的笑容。我从来没有想过,祁恒会以这种方式再度回到我的面前。我以为那已是很久远的事了,真的很久了,似乎从未想起过。此刻才发现,那些残缺的记忆碎片原来竟如此鲜明。

面对突如其来的久违的记忆,我的脑袋一片空白。就像一只尘封已久的记忆箱子,一直好好地藏在角落里,安分着,而就在我已经要遗忘它的时候,却突然间被人撬开赤条条地展现在眼前。

我想要说点什么,却无法发出声音,心里有种温柔的东西,像潮水一样,轻轻地涌动。我站起来,静静地看着他起身走到对面的水池冲手再回来坐下,眼睛一刻也没离开他的身影,在记忆里一遍又一遍地核对。其实现在我所看到的祁恒变了许多,以前他的个子很矮,站直了才勉强和我一样高(但却是班里篮球打得最好的男生,能够很敏捷地穿梭于一群大个子之间),而我眼前的这个男孩至少有 180 公分。

他眼神里的那股邪气没有变,所以我认得。五年以后我竟能很快地认出他,可见他给我留下的印象之深刻。

“为什么一直盯着我看?”祁恒审视地看着我,是陌生的眼神。已经忘了我吗?还是我的样子变了很多?我心里袭来一阵难过。

我有点不知所措。我想我应该离开,却迈不动双脚,期望他会跟我说点什么。

“你坐下吧!”他的声音没了小时候的稚气,冰冷却不容拒绝。

我抬头再次对上了他的眼睛。他看着我,眉宇间闪耀着这个年龄不应有的冷漠和坚定。透过他深邃的瞳孔我隐约能感受到它们的背后藏着忧伤,心中不禁又是一阵难过。他的眼神曾经是透明的、快乐的。时过境迁,一切都不一样了吗?

我没说什么,几秒钟后,动作有些僵硬地坐下,手脚都不知道要怎么放。

“要喝吗?”他轻举着酒瓶询问,又意识到什么似的说:“还是算了。”

大概是觉得自己喝过的又给女孩子喝不好吧?

我微笑着接过酒瓶对嘴喝了一口,然后递还给他。也不是第一次了,我想。出乎意料的是他竟一点也不觉得惊讶,一副理所应当的样子。这种态度只能让我想到两个可能性,要么他已变成一个轻薄的无行浪子,要么就是他已经认出了我!

“喜欢喝木瓜奶吗?”我试探地问,注意着他的神情。

“为什么这么问?”他望向我,好像真的不明白。

他不会是失忆了吧?换口味了?还是~全部都忘了?

“喜欢吗?”我固执地又问一遍。

他没有马上回答,低头想了一会才说:“不喜欢。”

有什么东西碎了,我似乎听到那散落一地的清脆的声音。脑子里恍惚跃过祁恒一口气喝下整杯木瓜奶后对我笑的样子。难道我弄错了?这只不过是个和祁恒相似的人?

看着他侧面的轮廓,微微扬起的嘴角,我知道我绝没有认错人。但他变了,不再是那个爱喝木瓜奶的我所认识的祁恒。虽然他的眼神仍有股邪气,但那已经不再是我所能读懂的了。

“为什么会想一个人对着月亮喝酒呢?”我索性直直看着他,问。

祁恒以前是不喜欢酒的,每次看见班上有人偷偷地尝试吸烟或喝酒什么的,都会露出厌恶的表情。“我讨厌那样!”祁恒这么说过。所以我那时一直以为他是不会喝酒的,即使长大了也不会。

他没有回答，轻轻晃了晃还剩一半的酒瓶，放下。然后单手背到脑后，懒散地靠着椅子仰头望天。他的短袖衬衫白得耀眼，和小时候一样是亮亮的白。记得以前总是奇怪为什么放学时他还能保持那片白布的整齐洁净，而我的衬裙却总会留下泥点。现在他就在我身边不到10厘米的地方，我却觉得好远。

他就这么在夜色里坐着，让我有一种很不真实的感觉。

"……月亮在哭~ 。"不知过了多久，他用低沉的声音喃喃道。

我定定地看着他，感觉每一个空气分子都凝固起来。他没有动，只是浅浅地笑，那是一种很复杂的笑。我的记忆库里突然抖出了一张布满灰尘的画。

画面逐渐变得清晰，浮在沉甸甸的黑夜里。

一个静谧的晚上，在家里的后院，妈妈对着那片漂亮的天鹅绒坐着，把小小的我放在她纤细的双腿上。妈妈柔软的长发顺着两肩垂下来，弄得我的脸痒痒的。她轻轻地伸出手指着天上的月亮对我说："菲儿，你看，那是月亮哦！它在哭，因为寂寞。可是菲儿不能哭，有妈妈在陪你……"

月光很温柔地洒在祁恒的脸上，轻薄，透明。我缓缓地把目光移开，投向月亮，为什么会有这样的想法呢？月亮在哭吗？可是我只知道上面没有住着嫦娥。

后来我们都不再说话。我不知道他有没有喝醉，也不知道他在想什么，只是静静地陪在他身边，像从前一样。忘了就算了吧，我并不想打扰他现在的生活。我会像一只鸵鸟一样，把我们的故事藏起来。

不记得过了多长时间，也不记得是怎么离开的。感觉我好像有点醉了，只知道他说了声"谢谢"。为什么要谢我呢？因为陪他一起赏

月？还是毫不不介意地喝了他的酒？我不知道,也没有问。

（五）

梦游似的走到房间门口,听到贾晓声音的那一刻我才猛地清醒过来。糟了,买什么牛奶的事早忘到孙悟空一跟头那么远了,这次死定了！呀？我不在,她在跟谁说话呢？还有个声音,是不认识的人的。这么晚了会是谁呢？难道是~？

门突然就开了,一个陌生的女孩提了个黑塑料袋站在门口。

她看到我先是一愣,然后莞尔一笑,道:“你是于子菲吧！我是旋惠。你好!”

我慌忙握住她伸过来的手,说:“你也好!”哎呀,怎么搞的！不是还没清醒吧?

旋惠弯起眼睛就笑了。我仔细打量眼前的这个女孩:个子不高,白皙的皮肤,弯弯的眼睛,小巧的下巴,长达腰的乌黑秀发散在背上,耳边别着一枚 pooh 熊的可爱发夹。橙色的短袖衬衫配上卡其色的 A 字裙很适合她。

旋惠不算漂亮,却是我见过的最女孩的女孩子。

“我正要去丢垃圾呢!”她轻举了一下手中的塑料袋,然后侧身走了出去。

“子菲？是你回来了吗?”贾晓从卧室走出来,“呵！买个牛奶这么久,你迷路了？手机也不带,想吓死我啊！你再晚一步我就要报警了……”贾晓唠唠叨叨地说了一大串,害我觉得挺对不住她的——她这么关心我,可我却忘了买牛奶。

“牛奶呢?”她终于还是问到了关键问题。

“卖完了!”我撒谎。

“卖完了?”贾晓怀疑地看着我。

“是啊是啊!对了,旋惠什么时候来的啊?”我赶紧转移话题,往沙发上一躺,顺手按开了电视。

“我才上来一会,她就来了。”贾晓也过来坐下,把我们从超市买回来的一大包东西打开。其实她一定看出了我在撒谎,只是没有拆穿我。

旋惠回来,也过来坐下了。

“想吃什么自己拿,大家以后就是朋友了,我们还得靠你多照顾呢。”我打开一包乐事薯片对她说。

“是啊!随便吃,我们两个可都是没有零食活不下去的,呵呵!”贾晓伸手过来抽走几块薯片塞进嘴里,再从塑料袋里随手拿出一袋好时巧克力递给旋惠。

“谢谢!”旋惠腼腆地微微一笑,接过。

三个人边看电视边聊天。

当我吃完两袋薯片的时候,旋惠说跑了一天还没洗澡就拿着睡衣进浴室了。趁这个时间我把刚才路上发生的事一五一十地告诉了贾晓。

“你确定是他吗?那还是读小学的事啊!”贾晓很吃惊的样子。

“无所谓啦!反正他也不记得我了,是不是又有什么关系呢?”我很无奈地往沙发上一躺。

“我刚才就闻到你身上有点酒味了,还在奇怪呢。没想到世界这么小,我都快把这人给忘了。小时候听你说时还是很想见见他的。”贾晓拿出水果刀削苹果。

“又不是不知道自己喝米酒也会醉，还逞强呢！”她把苹果递给我，责备地说。

“呵呵，还是贾晓最好了！”我接过苹果，特别感动地往她肩上靠，声音甜得连蚊子吸了我的血也会得糖尿病。

“停！要是把苹果汁弄到我裙子上，就跟你同归于尽！”她躲瘟疫似的推开我。

我就咯咯地笑了起来。

“11 岁时爱上的男孩，到 17 岁的时候，还能继续爱吗？于子菲的初恋历尽沧桑！唉，都可以拍电影了！”贾晓用拇指抵着下巴意味深长地说。

我止住笑白了她一眼，不理她。

旋惠洗完澡出来。我和贾晓也先后进去泡了个澡。沐浴后的感觉真是奇妙，又清爽又舒服，就好像把一整天的疲劳全卸了下来。我们坐在床上打开窗户吹风。

贾晓突然想起还没有把东西清出来，于是三个人都恍然大悟似的跑到客厅把各自的行李拿进来打开。

我的东西很简单，几套换洗的衣服和一个 CD 机。

“咦？你喜欢听班德瑞的音乐？”旋惠从我的包里抽出几张 CD。

“是啊！我觉得他们的音乐很干净！”我笑着说。旋惠有点惊讶地看着我，样子怪怪的。

贾晓也把脖子伸过来看了看，然后摇了摇头，说：“我就知道你什么也没带。看，我给你全备齐了！”说着很自豪地拿出一大堆的护肤水、护发水，还有化妆品，全是名牌。把旋惠看得一愣一愣的。我倒是早就习惯了，只是奇怪她的箱子居然可以塞这么多东西。

旋惠的行李和我一样简单,不同的是光书就占了一半的空间。人家这才是高中生的箱子啊!我和贾晓更像是去旅行的。很难想像贾晓竟然比这么用功的人考的分还高。每次想到这点我就特别佩服贾晓的头脑,好几次都有趁她睡着了打开看看的冲动。

东西清完,我们也都累了,很快就熄灯睡觉。

我翻来覆去怎么也无法入睡,满脑子都是祁恒。人一静下来就爱胡思乱想,所以古代的媳妇被婆婆骂了,晚上就会在家擦一个晚上的桌子。我没那么勤快,只能用最传统的方法来克制自己——数羊。

数了还没到50只就觉得不耐烦了,实在不明白为什么这种蠢办法能广为流传。或许它对别人管用,但我不行,我今夜的思绪注定要被祁恒占据。

小时候我是个劣迹斑斑的学生,脾气特别坏,经常做些“小逆不到”的事。例如把药膏涂在讨厌的同学的毛巾上什么的。所以五年级的时候被迫和贾晓分开,住到姑妈家,转插到华锦小学,然后认识了祁恒。

我对祁恒的记忆是从开学后的第4天开始的。

当时刚到新学校,对班上的人感到很陌生。坐在我前排的胖子一直不安分地用他身体的某个部位晃动着板凳,导致我的课桌也随着他高频率的震动而震动。“轻生骨头!”我在心里骂,勉强把课桌往后挪了一点。不料他得寸进尺,把椅子也往后挪,继续引发“地震”。我好声好气地轻轻拍拍他的肩让他别晃了,他却连头也不回一个。碰到这种事,当然会发作啦!我不声不响地走到那个混蛋旁边,使劲掀翻了他的课桌。他先是愣住,然后一张脸气得发紫,像头猛兽一样冲过来也踢倒我的课桌,又怒气冲冲地扬起拳,作势要打我。

这时一只有力的手臂扯住了他悬在半空中的拳头，又过来拉我的胳膊，说："算了！"我这个人气狂了是会失去理智的。我毫不领情地甩开这只手，还冲他吼了一句"要你管，滚开！" 就往老师的办公室跑去。

谁知我理直气壮地找到班主任后，却被她说教一番。等我蔫蔫地回到教室，发现我的桌子已经被扶了起来，刚才散落一地的书本也好好地放在了桌上。我抬眼在班上寻找刚才劝架的人，凭直觉判断，我认定是他做的。在第二排隔着三个座位的地方我看到他在翻书，低着头，习惯性地转动着手中的圆珠笔，白衬衫（校服）的领子很挺。那是我第一次对他有了印象，也是我在那个陌生"班房"认清的第一个人。后来才知道他叫祁恒，是班长。

……

（六）

第二天一大早，我就被于帆的电话吵醒了。头晕得要命，迷迷糊糊只记得他骂我"懒猪"。挂了电话发现她们两个还睡得跟尸体似的动也不动。

我磨磨蹭蹭地洗漱完出来，旋惠已经在穿衣服了，贾晓居然还赖着不肯起床。我跑过去死劲地摇她，她却只是勉强翻了个身。直到我说"你脸上的妆全花了"，她才慢慢爬起来照镜子。

跑到食堂随便扒了几口稀饭算作早餐。等我们慢条斯理地走进教室，已经快上课了。俗话说来得早不如来得巧，我们一进教室就免费观看了一出闹剧。

一个男生被狠狠地扇了一记耳光，响声特别清脆，散播到教室的每一个角落。大家都安静下来望过去。只见一个打扮得极耀眼的女生双手交叉抱在胸前,斜着眼挑衅地看着眼前可怜的男生,一副老娘出来混的时候你还在吃奶的样子。她属于那种到哪都会吸引眼球的人物,脸用粉抹得跟块豆腐似的,完全看不出原本真正的轮廓,穿得更是招摇,一双踩高跷似的长筒靴,一袭紧得把胸都快挤出来的收腰薄衣,再加一条短得只有她自己看不到其香臀的牛仔裙,最后配上现在这种绝对冷艳的表情,实在可以去拍《古惑女Ⅲ》了!

那个男生估计是被打懵了,等反应过来后上前就回了那女生一耳光。她的豆腐脸顿时涨得通红,毫不忌讳地破口大骂,咆哮着像头母狮一样想要冲上去和人家拼命,好在被旁边的一个女生拉住了。我听见那个女生叫她"花溪"。呵,真看不出来她还有本杂志的名字!花溪一个反手把那个女生甩到了我面前的地上——她力气真大,应该去扔铅球。

"你没事吧!"我赶紧上前扶起了那个女生,她难为情地摇了摇头。她没有看我,见花溪还在那发威,又想过去拉,也真是不怕挨打。不过还没等她再上前,已经有人出来制止了。显然是花溪刚才那一举动引起了公愤。本来嘛,再怎么也不能伤及无辜啊!

"你他妈的洗好脖子等着!左昕,我们走!"豆腐脸见情况不利找台阶下,冲着那劝架的女孩喊完,就大步流星冲出了教室。左昕也真听话,二话不说就跟了出去。

贾晓不屑地从鼻子里"哼"出一声来:"都是些什么人啊!开学第一天就碰到这种事!你们看见她的脸没?抹那么白,夜里一定能反光!"旋惠表示赞同地撇了撇嘴:"新时代了,什么怪事没有?"

花溪她们走了以后教室又恢复了平静,私底下开始小声地议论。

二(3)班就只有我和贾晓两个插班生,其他人都互相认识。看了这幕活剧,这所名校在我心目中的神圣地位直线下滑。好的建筑物犹如美女,不能空有其表,得有外在美兼内在美才行。像豆腐脸这种人是怎么招进来的?!

这时,迟到了快10分钟的班主任张老师终于出现,蹬着高跟鞋"咚咚咚"就跨上了讲台。是个个子很矮皮肤很黑的女老师,大概40多岁,除了鼻子上架有辨认知识分子的特有标志,浑身上下再也没有可以显示出她职业的地方。最厉害的是她竟然连解释迟到的原因都省了,说了一大堆的废话,还好像很激昂的样子唾沫星子满天飞。

"她的裙子跟她一点也不配。"贾晓单手托住下巴,挑眉望着班主任。看得出她也挺不满的。旋惠倒没什么似的一直在自顾自地看书,她已经读了一年了,估计早就习惯了。

班主任讲了讲这学期的课程安排,又把我和贾晓简单地向大家介绍了两句,然后就宣布说第一天提前下课算了。我开始怀疑这所学校到底有没有电铃。

这个疑问在三天之后得到了答案,电铃是有,只是我们B座教学楼的这个坏掉了。问我怎么知道? 那告诉你,因为我下课的时候跑慢了一步,被班主任逮住了,她笑眯眯地请我帮忙到A座教学楼去找一个谁谁谁问问我们这边的电铃什么时候能修好。我看在她老人家如此和蔼可亲的分上,只有当一回跑腿的。

按照班主任的指示,我走了三圈也没找到什么音乐办公室。你说一个修电铃的怎么就给分在音乐办公室了呢? 但终于还是让我发现了一间音乐教室! 估计是班主任说错了,肯定就是这里了!

我从后门悄悄溜进去。教室很大,地面呈阶梯状,摆满桌椅。前排有几个学生在讨论着什么,没有人注意到我。我打量了一下他们几个,没一个像修电铃的。

就在我准备转身离开的时候,听到了一个男生的声音,感觉好像在哪里听过。仔细一看那背影,哦,原来是那个对我说“你不许告诉别人”的笨蛋！他坐在比较靠后的位置,穿一件深蓝的运动T恤,旁边坐着的还是上次的那个女孩。她仍旧一副小鸟依人的样子。另外还有三个男生和一个胖妹。其实这三个男生长得也不错,只是往他身边一站就显得黯然失色,成了做陪衬的绿叶。唉,这么好看的一张脸给他真是浪费指标！看来上天是公平的,让他有个漂亮脸蛋,就附赠一个白痴的头脑。

“那你说演什么啊？再不快决定上面又要催了!”胖妹无聊地撇撇嘴。

“演话剧这种事最麻烦。”男生甲淡淡地说。

“干脆就演《铁达尼号》算了嘛!”男生乙不耐烦地提议。

“可以可以,我同意!”胖妹举双手赞成。

“嗯,那很好。”那个笨蛋开口了,指着胖妹道:“你就演冰山吧。”

听听！啧啧啧……我就知道他说不出什么好话,简直是个大草包！旁边的男生甲乙两个个笑得跟抽风似的,眼睁睁看着胖妹气得直跺脚。还是依人的小鸟最有修养,把头靠在笨蛋的肩上轻轻地笑,柔顺的碎发随着肩膀颤动而抖落下来。

“谁带了笔？我们先写个剧本。”

啊！看来此地不宜久留,他要是看见我怎么办？想到这里我就赶紧轻手轻脚地往门外走。

“喂!”

不是在叫我吧？不是不是，不能回头，还是假装没听见赶快走掉。

“喂！那个~穿红衣服的！”那个声音加强了力度。

我只好极不情愿地回过头，问：“你，叫我？”

他看了看我，说：“你是谁？怎么在这儿，有笔吗？”还好，看来他已经不记得我了。

“嗯，我……那个……”我确实带了笔，但是我说有的话岂不是要走过去给他们？我又不认识他们，多不好啊！再说我对他本来就没什么好印象，为什么要借给他？

“什么这个那个的，用得着想这么久吗？你肯定有，快拿来，又不是不还你。”

没办法，既然被他看了出来，我便只好走过去递给他。

他接过笔的时候说了句“谢谢”。我有些愣，原来他这种没涵养、低素质的人也会说“谢谢”两个字！？

“松手啊，你怎么了？”他疑惑地抬起头。

我这才发现自己还紧紧地捏着笔没放，于是赶紧松开，把手收了回来。

“呵呵，你蛮好玩的，叫什么名字？”他突然笑了，若有所思地看着我问。

“关你P事！”我没好气地说。他刚才的话明显有嘲弄的意味嘛，我是小猫小狗吗？？还“蛮好玩的”！好玩什么？居然还是当着自己女朋友的面说，真是没救了！

他眉头微皱，把笔递还给我，说：“我最讨厌女孩子说脏话了，你走吧。我待会自己回去拿。”说罢转过身继续跟其他人一起讨论。

哼！什么嘛！你越是不想听我就越是要说。一下借一下又不借的，搞什么飞机啊？今天真是倒霉，莫名其妙地又碰到他。

我走出音乐教室，实在没心思再找什么音乐办公室了，冒着挨骂的危险决定回去复命。

不幸中的万幸，B座的电铃偏偏很及时地修好了。班主任还以为是我的功劳，送给我一个甜甜的微笑。

就在我美滋滋地享受这飞来的福气时，接到了于帆的电话。他说他已到学校门口，叫我出去找他。

刚走到大门就看见于帆穿一身Lane Cabbana的牛津纺正靠着他那辆白色宝马打电话。我冲他挥了挥手，他看见我就挂了电话走过来。

于帆是万里挑一的才子，把那么大的公司管理得井井有条，也难怪爸生前那么疼他。他小时候不怎么念书还老是考满分，把老师弄得哭笑不得。现在工作了也出类拔萃。记得爸病重那阵子，公司很乱，总有些人想趁火打劫。他只好休学去管理公司。刚开始有些老干部不服气，说什么不能被一个大学也没念完的小毛孩子踩住了。他也不生气，只是很用心地工作。不久他就证明了自己的实力，让那帮老同志刮目相看，公司又走上了正轨。

聪明人往往会雇佣比自己更聪明的人。我想爸一定是预料到了哥的能力才放心地把整间公司交给了他。

于帆告诉我，妈不放心我在学校的情况，所以今天特地来接我回家团聚。

（七）

妈自从爸过世以后就大病了一场。开始我们都很担心本来就弱不

禁风的她会一蹶不振,要知道爸是她心里全部的依靠。妈一直是个温柔甚至软弱的人,永远跟在爸的身边,支持着他的每一个决定而且毫不置疑。所以当这个她义无反顾地追随着的男人倒下的时候,她也跟着倒下了。还好现在她总算是挺过来了,在床上躺了足足三个月后终于还是站起来了。

进到客厅我就看见了妈。她靠在沙发上睡着了,电视开着,手里还握着遥控器,腿上盖着厚重的毛毯。妈是个很低调的人,爸爸过世后更是辞退了所有的佣人。于帆又总是忙公司的事很少回家。如今偌大的房子里经常只有她一个人。我凝视着妈的脸,猛然发现她比以前憔悴了许多,就像个易碎的水晶杯子。我的眼睛有些泛潮,轻轻地走到妈的身边坐下,小心地把她腿上的毛毯往上提了提。于帆停完车进来,我把食指竖在唇间让他小点声,可他的脚步声已经惊动了妈。

妈睡眼惺忪地看到我,马上就高兴起来:"菲儿,你回来了! 怎么样? 在学校还习惯吗?"

"都挺好的。妈,您怎么在沙发上睡着了呢?"我把遥控器放到旁边,握过妈冰冷的手不停地揉搓,鼻子一阵阵地发酸。

"我们不在,您一个人要注意身体啊!"于帆也过来坐下,眉宇间流露着疼惜。

"别担心,傻孩子,我看电视看着看着就睡着了。"妈拍了拍我的手,微笑地看着哥。

于帆的手机响了,他起身走到外面去接。我就和妈聊了会天,告诉她我有个很好的新室友叫旋惠,老师对我们也挺热情的。妈满意地点点头。我又嘱咐她要多穿点衣服,天就要变凉了,不然我在学校也不安心。完了我就扶她回房间休息,一直守到她睡着了才悄然离开。

走出妈的房间，我就去找于帆。找了一圈也没见到人，于是到他房间看看。他居然还在打电话！站在窗前说个不停。听见开门声只回头看了一眼又继续讲。我走到他的床边坐下，听到他正在跟人谈什么大客户的事。

“到公司再谈吧！”他见我好像有事就挂了电话，也过来坐下。

“……哥，我好担心妈，怕她会撑不下去。我们该怎么办?”我呆呆地望着窗外被风吹得左摇右晃的桂花树，半晌才开口。

“子菲，你要坚强！这样，妈才会坚强。爸虽然不在了，但是我仍然很努力地守着这个家……你要快乐，知道吗?”于帆搂过我的肩，轻轻拍了拍。

不等他说完，那种凝重的液体已经夺眶而出，这是爸去世以后我第一次哭了。我本以为我的泪在那时已经流干了，原来并没有。我伏在哥的怀里轻轻地抽泣。我不是个爱哭的女孩，可在哥的面前总会变得软弱，他身上熟悉的气味让我感到心安和温存。

于帆从小就很疼我，凡事都罩着我。如果有谁敢欺负我，那 tā 就一定会吃于帆的拳头。我小时候很怕黑，每次关了灯就睡不着，裹在被子里一动也不敢动。于是我就总悄悄地溜到他的房间往他的被子里钻，然后我们就躲在被子里吃爸爸带回来的巧克力糕，弄得满床都是。到了早上他就劝我溜回自己的房间，然后一个人去认错。有好几次看到妈拿鸡毛掸子打他，我都躲在旁边哭，最后还要他来安慰我。

突然，于帆的手机又响了，我坐直身子好让他接电话。是王叔叔打来的，好像有什么急事催他过去。于帆挂了电话起身走到床头柜那里，拿出一个很精致的礼盒递给我。

“这本来是要送给一个大客户的，不过他已经乘早一班的飞机走

了。你拿去吧!”他说。

我把盒子打开,里面躺着一瓶价格不菲的“纪梵希”。于帆知道我不喜欢化妆品,知道我讨厌把那些多余的化学物涂在脸上——特别是要提前一个钟头起床。可他忘了我也不喜欢使用香水。

走到门口,于帆说他赶时间,让我自己打车回学校。我转身刚走了几步,他又叫住我,说:“子菲,你要加油好好学!把我的那份也一起补回来!”说完,他就挥挥手走了。

我一直目送他进车库才转身离开。我明白他的意思。他原本正在读大学三年级,可是因为爸爸的离开不得不中途放弃学业。

哥已经够辛苦的了,我绝对不能再成为他的负担。

当我在路上再次打开香水盒子时才看到它的广告语:Tomorrow is another day!

Tomorrow is another day!我默默重复着,一股暖流涌遍全身。我慢慢扬起脸,对着太阳。阳光很温暖,似乎把周围的空气都变成了浅金黄色。街上来往的行人,都显得那么朝气蓬勃。他们自信、努力,都认真地生活着。我才17岁,我要坚强——世界和明天都是我的!没错,Tomorrow is another day!

我突然就想到痞子蔡笔下的轻舞飞扬,那个美丽女孩美丽的香水情结。于是一路上我把手中名贵的“纪梵希”喷得到处都是。电线杆上,广告牌上,长椅上,整个街头巷尾都弥漫着它独特的味道。在公汽里,我把它喷在车窗上,整个车厢马上泛起一股淡淡的香味。我知道有人在看我,不过我不在意。

直到学校门口我才把还剩半瓶的香水收起来,学校里可都是抬头不见低头见的同学,总不能让他们也认为我脑子有毛病吧!

（八）

在回公寓的路上我看见了豆腐脸花溪和左昕。花溪一改性感装扮，摇身走超辣路线，连头发也染成了绚丽红。她的造型还真是层出不穷。旁边的左昕仍是清汤挂面，穿一条洁白的连衣裙和一双淡蓝色的薄底皮凉鞋。

呵，我还是第一次看见天使和魔鬼定格在同一个画面里。

左昕看到我的时候飞快地扯了一下嘴边的弧线，又继续低头走路，看来她还记得上次扶她起来的人是我。她怎么总是一副怯生生的样子？为什么偏偏要跟着豆腐脸这样的人呢？哎，算了！别人的事还是少管为妙。

回到宿舍，看见贾晓和旋惠正靠在一起看电视。我这才知道今天晚上没自习课。早知道就在家多陪陪妈的，我有些后悔地想，顺便把香水拿出来扔到沙发上。

"哇！'纪梵希'的最新款啊，很贵哦！于帆买的？怎么是半瓶啊！"贾晓大叫着拿起来仔细研究。

"喷了一半在路上了。"我走过去抓了一把旋惠手里的爆米花平静地说。

"你说什么？？你疯了！你知不知道这一瓶多少钱啊？这一款可是全球限量发行的。见鬼了！你钱多得没处花啊！"贾晓瞪起眼睛生气地吼道。

听她这么一说我还真有点后悔，可是看到她这样子就特别想逗她。

"真的？哎呀！你怎么不早说啊！这是于帆叫我带给你的！"我故

意装出惊讶的表情。

果然，贾晓的脸立刻就绿了。我和旋惠捧腹大笑。她反应过来后就追着我和旋惠喊打。

“停！我有重要的事情要宣布。”旋惠突然转身。

我和贾晓假装停下来听，却都乘机偷袭对方。

“别闹了！听我说嘛！”旋惠撅嘴拦住我们。

“好了好了！不闹了，听你说！”贾晓终于肯善罢甘休，我也松了口气。

“今天我做东，请你们来我弹钢琴的咖啡厅玩，顺便介绍你们认识几个帅哥，怎么样？”旋惠得意地笑说。

“好啊好啊！反正今天晚上没节目！”我连忙搭腔。

“OK！一定奉陪！”贾晓说着忽然飞快地扑向我，“但得先收拾了这厮！”我被推倒在沙发上。

“好啊你！还敢跟我玩！”我使劲翻过身，马上把她按住。

等我们疯累了，旋惠端来两杯冰冻鲜橙多递给我们，我和贾晓接过来一口气喝了个干净，然后像两个做错事的孩子一样举着杯子冲她笑。

旋惠此时已经换上了一件黑色闪片上衣和黑色薄阔丝绒裤，化了晚妆。她被我们惊讶的样子逗乐了，笑着说：“这是工作需要！你们啊，快去洗个澡，然后到学校后面一家叫‘Sweet Coffee’的咖啡馆来找我。OK？哎呀！迟到了！经理又要说我了，3166！”她匆匆地带上门走了。

等我洗完澡出来已经 8 点多了，贾晓正穿着一件橙色的短袖衬衣和 Ellen Tracy 的粉色窄身长裤对着镜子涂“美宝莲”的摩天翘睫毛膏。我也赶快穿上一件白色贴身短袖 T 恤，再套上 XL 号的灰色 adidas 羊毛背心，加一条 Fendi 的深蓝色宽松牛仔裤。

（九）

等我们在学校的后街上找到那家“Sweet Coffee”时已经快9点了。推门进去，店里的光线很暗，让人感觉有些玄虚，但深色的木制桌椅还有干净的地板都不错，给人一种家的感觉。音响里轻轻地播放着王菲的《红豆》，店里的人很少，显得有些空。

我听见有人喊我和贾晓的名字，循声望去，旋惠冲我们招了招手。她坐在最里面靠墙的位子，旁边有三个男生。我和贾晓过去坐下，她点了 cappuccino，我点了木瓜奶和小蛋糕。

待我抬头准备看清眼前的三个男生中有没有我喜欢的类型时，一张脸猝不及防地扑进视线。坐在旋惠旁边的就是那个笨蛋啊!! 天啦，怎么又让我碰见他？这世界还真是小的可以啊！（说这话时我没有想到真正的意外还在后面。这是后话了。）他好像也认出我来了，样子有点惊讶。

呵呵~，小子，你的命运之轮就掌握在我的手里。本小姐临时决定要杀杀你的威风！

“你傻笑什么啊！”贾晓用胳膊肘推推我。

我收起笑，摇了摇头。

“喂，旋惠！你见过有人走路也会摔跤的吗？”

“我知道，我知道，就是你说的那个人嘛！”贾晓在旁边插嘴。

“谁啊？”旋惠一脸不知所谓的样子。

“还是个帅哥哦~~！”

文见11页

文见26页

哈哈！果然，那个笨蛋恍然大悟地看着我，眼神里有一丝警惕，他一定怕我现在当场揭穿他！呵呵，我终于尝到了报复的快感！

旋惠开始为我们互相介绍。对面的两个男生和笨蛋（不知道他的名字就先这么叫着吧）都是和我们一个学校的，他们组成了一个乐队，在这里搞业余表演赚点零花钱。乐队名叫 Flying——飞翔~。

笨蛋叫卢佳逸，是乐队的主唱（可想而知乐队的实力了），读高三。他戴着一副很轻巧的眼镜。我以为大凡戴眼镜的男生都是背着书包匆匆走路的样子，可是他的确很帅气（是帅哥无脑的最佳写照）：穿一件米黄色衬衫，袖口稍稍挽起，不经意间流露出一股腼腆的贵族气质。他一直在抽万宝路的香烟（奇怪，现在还有人吸这种香烟?），面前的桌上放着一个都彭的打火机。撇开那次意外事件不说，他还是看着蛮顺眼的。听旋惠介绍，他可是位人物，是全校女生选出的最佳校草得主（好幼稚），追他的人多得要用一篮球场才能装下，在学校拥有无男不晓无女不追的地位（难怪他对我不认识他感到奇怪）。我以为这样的 boy 好比知名偶像一般，出于舆论压力是会拒绝恋爱的，可他却例外，而且现在看来他和旋惠的关系也应该不普通。他不会是脚踏两只船吧？还是对女孩子都这么暧昧？（唉，真为旋惠交上这么个虚有其表的损友感到惋惜！）

坐在卢佳逸旁边的叫 OMI，哇噻，月夜野臣啊！再问其真名，原来很普通，叫程乐。人如其名，一个乐天派人士。读高二，贝司手。他留着亮黄色的平头，很瘦，皮肤有点黑，眉毛微微上扬，很神气的样子，脸上有几颗小痘痘顽皮地冒出头来。从我们坐下来起他的嘴就没停过，一直在眉飞色舞地讲啊讲，应该是那种身体瘦削但骨子里结实并具有活泼质素的人。他很快就和贾晓混熟了。

OMI 穿的是很休闲的深咖啡色套头衫,是在场唯一一个和我穿着相配的人。

OMI 旁边的叫史班渝。呵呵呵~~,石斑鱼??? 取了这么个名字,他的父母还真有意思! 也是读高二,鼓手。一个很清秀的男孩(实在跟石斑鱼无法联想到一块去),睫毛生得很密,皮肤特别好,不知道是不是用安利的保养品呢? 他的话很少,更多的时候是安静地笑着。他是我见过笑得最纯粹的男孩,从他的笑容里我看到的全是快乐。他的穿着很简单,棉布 T 恤上没有任何花纹。凭经验,这样的男孩很可爱。

有时旋惠会上台弹奏几首曲子。悠扬的琴声从她细长的手指间如蚕丝般滑出。

我的话好像特别多,我知道贾晓一定在心里骂我“见男春”了。想到这里我偷偷地看了她一眼,她倒好像没什么似的继续高谈阔论。还好,看来是我多心了。

不知道是谁说石斑鱼是儿童节出生的,据说那天晴空万里,所以他一直很单纯的样子。贾晓便马上宣布我是清明节出生,于是 OMI 很感兴趣地追问那天的天气如何? 我笑答那天没什么特别就是下了点小雨,然后又补充说那点小雨纯粹是为了配合当天的气氛,与本人无关。大家都笑。

(十)

旋惠突然站起来像刚才迎接我和贾晓进来时一样朝着门口挥了挥手,喊:“祁恒,这里!”

我心跳马上停顿,血液迅速抽离身体,下意识地慢慢转过头去。贾

晓也条件反射似的猛回头看，眼睛瞪得老大。就在离我们5米远的地方我看到了祁恒。没错，就是祁恒！！他穿着黑色的T恤。我微张开嘴，惊讶得几乎说不出话来。祁恒看到我的时候，眼里闪现出奇异的光芒，但只是一瞬间，很快就恢复常态。他不发一言地浅笑，一点也不为自己的迟到感到抱歉。

旋惠起身帮我和贾晓介绍。原来他们的Flying乐队是四个人组成的，祁恒是吉他手，读高三。怎么会是高三呢？他跳级了吗？

"你刚才怎么没说还有人要来？"贾晓问了我想问的话。

"因为我不确定他会不会来。"旋惠看了祁恒一眼，小声地说。

我很木讷地坐着，留意着祁恒听到我名字后会不会非常惊讶。而他却很随便地跟我问好、握手，整个动作就像和我素不相识。我总算是搞清楚状况了，他根本早就认出了我。怎么可以伪装得这么好？我不明白他为什么要这么做。

卢佳逸起身把座位让给他，到我旁边坐下。原来他是旋惠的男朋友！我看见旋惠撒娇地坐下，祁恒伸手轻轻抚摩她的头发，一种闪电般敏锐的疼痛贯穿我的心扉。贾晓悄悄地把手伸过来，紧紧握住我的手。

旋惠今天打扮得真漂亮，像只高贵的黑天鹅，接受着她的骑士无微不至的呵护。他们是事先讲好都穿黑色的吗？

我的话明显地少起来，这一点逃不过贾晓的眼睛，她开始时不时地跟我搭话。而这么做的还有一个人，那就是卢佳逸。他是在祁恒来了之后才开始跟我搭话的，之前他一直在和旋惠说着。我发现他并不像我想像的那么白痴，很健谈，感觉就像他知道我和祁恒的事一般。每当有人谈到旋惠和祁恒的罗曼史，他都会很巧妙地转移话题。不管他是否有意，我都感谢他，之前对他的讨厌也烟消云散。只是他其实没必要这么做,因为我真的很想了解他们的故事。

这时王菲的低吟浅唱换成了班德瑞的《魔法情人》。幻变的音乐节奏和着优雅的小提琴声,营造出神秘莫测的天籁般的乐音。

旋惠的话打断了我欣赏的兴致:“子菲,记得你说过喜欢他们的音乐是因为觉得干净。知道吗?祁恒也说过同样的话,所以当时我感到很讶异。好奇怪的评价哦!”听完她的话,我瞥了祁恒一眼,他正看着我。

为了掩饰紧张,我刻意干笑几声,答道:“什么啊!随口说的,你再问我,说不定我这次会说纯洁呢!”

“她啊,常常词不达意!”贾晓帮我接过话柄。

哎,就算说过同样的话又怎么样?我干吗搞得好像在隐瞒什么大秘密似的!

旋惠又被叫到台上弹曲子,这次弹的是孟德尔颂的《乘着歌声的翅膀》。

我闭起眼睛感受着空气里大片大片的忧伤的味道。

可能是刚才喝多了木瓜奶,感觉 WC 在召唤我,于是起身。

出来的时候却碰到了祁恒。

“于子菲,没想到会在这里碰到你!”他好像是特意在等我。

“……我以为你忘了我。”已经很久没有听他喊我的名字了,回忆在脑子里无法抑制地翻涌。

好一会他都没有接话,只是沉默地看着我,带点邪气的眼神似乎企图看穿我的心扉。

“你,想我记得吗?”他的眼里似乎闪过一丝忧郁。

聪明的你,用脚趾头想也知道我的答案,可是现在说什么都晚了。

我只能这么看着你,却不能说出心里的想法。

“过去的就让它过去吧,那时候我们还太小。”祁恒笑着把手插进裤子口袋,声音却冷得似冰。

我的心在一瞬间沉到了谷底。我知道眼前这个曾经对我邪气微笑的男孩如今已爱上了另一个女孩。他甚至不愿意让我做一只鸵鸟。

“我会的。”我没有赌气,平静地说。我不生气,真的一点也没有。我只是觉得难过,不想哭,只是难过!

我独自回到座位的时候旋惠已经奏完一曲回来了,一行人都笑得前仰后合的。我边坐下边疑惑地问他们笑什么。

“史班渝啊! 呵呵~,我们刚才说他太沉默了,罚他讲个笑话。他……哈哈哈~。”贾晓没说完就笑得不可抑制。我便提议让他再说一次,大伙也都跟着起哄,可爱的石斑鱼不好推脱只好又讲一遍。

“神探福尔摩斯与华生去露营,两人在繁星之下扎营睡觉。睡至半夜,福尔摩斯忽然摇醒华生,问道:‘华生,你看这繁星点点,作何感想?’华生回答:‘我看见无数星光,当中可能有些像地球一样的星球,如果真的和地球一样,也许会有生命存在!’‘华生,你这蠢材!’福尔摩斯说,‘有人偷走了我们的帐篷!!’”

语毕,大家再次爆发一阵笑声,旁边的人都看向我们。其实同一个笑话说第二遍本不该觉得那么好笑了。显然他们笑的是石斑鱼说笑话时认真的表情。哈哈,他真的很可爱。至于我,双管齐下,当然笑得最凶了,连眼泪都笑了出来。

不一会,祁恒端着两盒爆米花过来了,说是经理送的。他把它们放到桌上,然后到旋惠旁边坐下。我看也不看他,继续若无其事地聊天,只是自己也不记得都说了些什么,好像一直在傻笑。后来就有人过来叫 Flying 上台,看来爆米花不是白请的。

世界上本来就没有免费的午餐。

出乎我意料的是,Flying 的演唱让我怦然心动。他们没有野蛮激荡的旋律或主唱声嘶力竭的呼喊,似乎不食人间烟火的表演感动着在场的每一个人。我不知道原来祁恒的吉他弹得这么好,而卢佳逸纯熟的嗓音竟然能抚慰每一颗在都市生活里磨炼得渐渐麻木的心灵……

(十一)

回到公寓的时候已经 11 点,谁也没力气说话,倒在床上就睡了。我的睡眠就像粳米粉做的粉条,没有黏性,醒了四五次。每次醒来眼前都浮现祁恒的样子,每次都把和他的对话回忆一遍,再迷迷糊糊地睡去。然而很快又会醒来。

我总觉得这个夜特别长。

最后一次睡着后,在梦里,我回到那场大雨中。周围什么也没有,只有我被雨水紧紧地包裹着,身体冷得发抖。我双手抱住膝盖蹲在那里。终于,看到一个少年背对着我站在 10 米远的前方。我叫他的名字,我尖声地叫着,但我仍然听不见自己的声音。我慌张地往前奔跑,拼命地跑,可怎么也到不了他的身边。然后他走了,留下我一个人,孤单地站在雨里……

等到再醒来的时候一睁眼就看见贾晓偌大的脸贴在眼前,吓得我大叫着抱起枕头就跳下床,差点撞到她的头。

她倒挺冷静,睡眼惺忪地说:“叫这么大声干吗?怕我非礼你啊!你想我还不干呢!”然后很诡异地冲我一笑:“一大早就有人在楼下候

着了。你行啊,才来不几天就有艳遇啦!”

我还沉浸在刚才的惊吓中,一头雾水地抱着枕头立在床边,好一会才回过神来。

“外面? 谁啊?”等我想问个究竟时,贾晓早已回到她的被窝里了。

我只好又走到卫生间去找旋惠。她正在刷牙。

“早啊,美女! 你中奖了,有人在外面等你呢!”她看见我,吐掉口中的泡沫笑着说。

“到底是谁啊?!”我的语气有点急促。

“急的! 你下去看不就知道了!”旋惠也报以和贾晓一样诡异的笑容,一样可恶!

看来是问不出什么了,我刚想转身回去继续做梦,她又叫住我。

“嗯~,那个,虽然我也不是很了解,但可想而知他的恋爱史是很丰富的!”旋惠补充道。

他? 是楼下的那位吧? 看来旋惠是认识的。难道是 Flying 的成员?

“是吗? 这么说我被盯上了!”我颇有兴趣地说。睡神识趣地跟我 88 了。

“是啊是啊! 你还不快点下去看看是谁? 目标人物!”旋惠一边说着一边拿毛巾擦脸。

我回到房间不紧不慢地换衣服。是谁呢? 总不会是祁恒吧? 怎么可能! 要真是他,旋惠还能这么跟我说话?

等我洗漱完出来,贾晓仍旧呈死猪状。旋惠则再次发出让我小心点的警告,什么“别太容易中招”等等。我穿上拖鞋跟她打了招呼就下楼了。

到了一楼快出走廊的时候,我下意识地眯起眼睛,明亮的阳光像生活一样让人感觉局促。

真的,我看到一个人影,背对着我。

听到我的脚步声他回过头来。有什么东西比阳光还耀眼,是耳环!这个戴耳环的男生是卢佳逸啊!他今天没有戴眼镜,显得眼睛更加漂亮。

虽然我已有点心理准备,但看到他时还是有一点惊讶和莫名的失望。阳光下的他精神很好的样子,180cm 左右(和祁恒比谁高些呢?),深色牛仔裤加一件淡蓝衬衣,套了个白色毛背心。

"早啊,子菲!"他看到我笑着打招呼。哼哼,还叫得挺亲热的嘛!

"怎么是你啊?"我也回以一笑。

"你刚才应该已经猜到了吧!"卢佳逸用调侃的语气说。

他这么直接就揭穿我,弄得我一时语塞,不知接什么话好。哼!我昨天没当场揭露你的丑事,敢这么快就忘光了本小姐对你的不杀之恩呵?!

偶然注意到刚才刺眼的耳环,是银色的圈状,没有任何的修饰。真傻气,哈哈,倒是很适合他!

"我喜欢你!"谁知他冷不防地丢个炸弹过来,在我毫无准备的情况下轻松地说出了一般人很难以启齿的话。

我有些愣,实在反应不过来——他不是有女朋友吗?看来旋惠说的果然没错,此人确属恋爱高手,已经达到脸不红心不跳的境界。说这种话竟然不带任何感情色彩,他有认真喜欢过一个人吗?好啊!让你自大,本小姐还没尝过当面拒绝学校第一帅哥的快感。

"你女朋友呢?今天怎么没跟着你?"我嘲弄地问。

“分手了。”

“分手？为什么？”

“因为我找到真正喜欢的人了。”他答得很自然。

“呵！你还真会说话啊?!”我冷笑。

“我不是在开玩笑。”他表情认真。

“是吗,这么说以前都是在开玩笑？那我告诉你,N,O,就是NO!!”说这句话时我的表情一定很酷,冰到零点。

“没关系,我会等。”卢佳逸倒是没有像我想的那样板起脸孔说“不知好歹”或很没面子地掉头就走,而是好像事先预料到会碰钉子一样很宽容地笑了。他这样的反应让我有点后悔刚才的表现。那样做显得自己好像特别“清高”,而他就很大度了。

“你以为我会像你以前骗的那些女孩子一样听你随随便便说一句‘我会等’就高兴地认为自己会是你生命中的最后一个女孩吗?”说过的话也收不回来,我只好硬着头皮继续扮清高。

“想听解释吗?”卢佳逸竟然还是一点也没有被气到,很随意地斜倚着旁边的栏杆。

“没那个兴趣!”我倒真想听听他要怎么解释,但还得嘴硬,没办法,谁让我一不小心走了清高路线呢！说完我就要转身上楼,却又被他挡住了。

这时有几个女生走了出来,目光扫到卢佳逸立即透出兴奋,再扫到我的时候就多了一份敌意。

“你太高了,挡得我晒不到太阳,借光。”我冷漠地说,同时举步想要走过去。

“原来的女朋友不能说不喜欢,但遇到你以后才知道以前真的没爱过。”卢佳逸还是不让开,认真地解释。

切!你以为我跟你一样白痴吗?相信你?相信你就玩完了!

他见我没反应,问:“你明白吗?”

我点了点头:“我懂中文。”

他笑了笑,补充道:“‘我喜欢你’这四个字的确说过很多次,但‘我等你’只对你说了。我从来不等女人的。”

“你不是不喜欢女生说脏话的嘛!我很爱说的啊!”语毕,我挑眉看着他。

“没关系,我会让你改过来的。”

“呵,笑话!就凭你?”我揶揄他。

“对,就凭我。”

耶??还真是怪了!这家伙没问题吧?前后两种态度截然不同。为什么?难道仅仅因为我很大度地没有揭穿他,就想以身相许?天地良心啊!我于子菲只想两耳不闻窗外事,一心只读圣贤书,绝无沉迷男色之意啊!

只是……卢佳逸不是和祁恒很熟吗?那他今天来……

“祁恒知道吗?”妈呀!我怎么问出口了?惨了惨了,这回跳进黄河也洗不清了!

“嗯~,还有OMI和史班渝他们知道吗?”我知道现在补说是已经晚了,可怎么也得亡羊补牢吧!我就像不小心向敌人泄露了行踪的罪人,心虚得不得了还要尽力掩饰。我把目光延伸到卢佳逸身后的篮球场,避免与他四目相对。

“知道!”几秒钟后卢佳逸回答,我看不到他的表情,只能从声音推测他的情绪。可偏偏只有短短的两个字,我无法判断。

“你喜欢他吧！”我正在着急要接什么话好，他又投来一枚炸弹。

又这么直接揭穿我!！事不过三，你再这么做一次，就绝交!!！不行，一定不能承认！我可不想做横刀夺爱的屠夫或是拆散鸳鸯的凶手。

“谁说的？奇怪了，我们不才见一次嘛！”糟糕！我心虚得要命，一定说得底气不足。

片刻的沉默，有些尴尬。我连呼吸都很小心，生怕发出一点声音。该死的卢佳逸若有所思地看着我，一句话也不说。

我想要解释些什么却又无从开口。要是让别人知道就糟了！见我很为难的样子他终于像要安慰我似的笑了，轻轻拍拍我的肩。这个动作让我联想到张校长，但卢佳逸的触感要更温柔些。

他抬手看了看表，好像要走了。

“不早了！上去吧！”他松开搭在我肩上的手，笑着准备离开。

见我没反应又补充一句：“还有，那件事你还是不准告诉别人啊！”这才转身走了。

我“扑哧”一声笑了出来，呆呆地看着他走远的背影。他追每个女孩子都是这么说话的？算了，怎么都好。管他祁恒还是卢佳逸，统统离我远远的！我可不要做蠢女人！

（十二）

等我三步并两步地回到宿舍时，贾晓就像计算好时间似的早一步开了房门。这猪不等我换鞋就问长问短：“怎么样？答应了吗?”见我不理她，更急：“说话啊！你不会是把人家轰走了吧！”还真是八婆啊！

旋惠虽然没说什么但也一直盯着我看，想要从我脸上挖掘些什么内幕。

“没答应!”我用很平淡的语气勉强微笑着回答。其实我是真的不知道该怎么形容与卢佳逸的这次见面。倒是看到旋惠觉得有点心虚,不知说什么好。还好她并没看出什么异样,还很好心地帮我解围:“贾晓,你就别急着问了！该上课了,快走吧!”

到教室门口才知道已经上课了,吐吐舌头赶快溜到最后一排坐好。是历史课,一个很年轻的男老师正在讲台上对着一群昏昏欲睡的学生滔滔不绝。

贾晓和旋惠都在抄笔记,我百无聊赖地开始观察历史老师。他大概二十三四岁的样子,应该是刚读完书上的第一班岗吧！他穿一件蓝色条纹的棉布衬衫和烟灰色的长裤,头发很短,没有染色。

“喂！干吗呢？你不会是受到打击,饥不择食吧!”贾晓停下笔看着我,一脸疑惑。她说完还望向历史老师上下打量。我的思路被打断。

“你有毛病啊！我最讨厌搞师生恋的,你又不是不知道!”我被她的行为逗得发笑。

“那你还盯着人家看！女孩子家家的,要矜持!”她指指点点地教训我,然后又像讨论什么大秘密似的说:“发现了吗？那个上次被打的男生一直都没来哦!”

上次？哦,贾晓是指那个挨耳光的。说真的,我早就不记得那个人的样子了,不过前排倒是真有个位置空着。呵！看来那句“洗好脖子等着”不是盖的啊!

我一斜眼,看见左昕坐在豆腐脸旁边抄笔记。唉,怎么看她都是个挺好的女孩,让人实在不明白她为什么非要跟着豆腐脸。

“喂！你怎么老心不在焉的啊！不是被那个谁吓傻了吧!”贾晓突

然出声，吓得我心一沉。可能是教室太安静了，显得她的声音特别大。附近有几个同学回头看，贾晓不好意思地冲他们笑了笑。

经她这么一提醒，我又想起了卢佳逸。今天早上真是超丢脸啊！本来想要让他难堪的，却把自己给卖了。

贾晓意味深长地冲我微笑，还附带些许的同情。那表情就像是我被一个无赖缠上了。其实她一定特羡慕我有个十足的大帅哥追求。

呵呵，女人的嫉妒心啊！

不过说实话，我是很喜欢贾晓的。虽然有时候觉得她挺烦，但只要我有个什么事，她一定是跑得最快的那一个，每次都让我特别感动。也许这就是朋友吧！

要说我为她做过什么事，想想也只有一件。那还是读初二的时候，也是秋天，气候应该跟现在差不多。我们在阳台上玩，贾晓突然满脸通红地在我耳边吹气："我喜欢王浩！"我微张着嘴惊讶地看了她半天，晚上回到房间在书桌抽屉的底层找到那个王浩悄悄塞在我书包里的红色信封，撕得粉碎。第二天若无其事地去上学。

呵呵，现在想起来还真逗。那时候，我打心眼里这么想过，如果有任何一个男孩对我的感情会伤害到贾晓的话，我一定会选择放弃。不知道现在的我还能不能够做到这一点。在友情和爱情起冲突的时候我会力不从心吗？

（十三）

每天到教室都会看见我的桌上躺着一束香水百合，不用想，当然是卢佳逸送的。弄得所有女同胞都会投来嫉妒的目光，有些甚至恨得牙痒痒。

我对花实在没什么研究，不过看来他追女孩子还真是舍得破费。呵，纨绔子弟，你就尽量挥霍吧！只是便宜了公寓里的阿姨，一把年纪了还可以天天收到鲜花，一张脸也笑得跟花朵似的。虽说是每天有花到，可人却是一次也没见过。用这种下三烂的方式追女孩子命中率真会那么高？实在令人费解！

难得今天星期六，人人都抓住这个机会大睡特睡。到了中午，太阳特别烈，晒得我实在不得不睁眼。人一醒就会觉得饿，而我很不幸地划拳输了，可怜要一个人前往食堂打三份饭。

我顺手扯了一件碎花裙衫，再套上一条宽松的杏色帆布长裤，蓬头散发的就出门了。昏昏沉沉地走到楼下，孰料撞到一个庞然大物，不耐烦地抬头，竟看见卢佳逸有点惊讶的脸！

糟糕！居然被他看到我这种形象！！

我不好意思地低下头，瞟到他脚上的黑色麂皮运动鞋。下意识地把目光往上移，看到的是浅浅的苏格兰格子裤和威伦堡的黄边灰底运动衫。哎，人家可真是个标准的衣架子，穿什么都看起来很舒服。再看看自己，真是超丢脸啊！

“打饭？”他问。

回过神来才发现自己已经注视他良久。还不等我回答，他已以超快的速度一把抢过我手中的饭盒。

“哦！是啊，嗯~，你怎么会~，嗯……”我一紧张就语无伦次，舌头仿佛卷起来打了个蝴蝶结。卢佳逸偏过头想注意听我说的话，又不明白我到底要表达什么意思，一头雾水地看着我。

他一定觉得我蠢透了。不然他怎么突然笑了？

“我想见你,所以来了。”几秒钟后他用很轻的语气说。我紧张的情绪开始慢慢地平静下来,这才抬眼正视他的脸。阳光下他的发丝很柔软,笑容带有一丝疲惫。

这家伙实在是帅!也难怪那么多女孩S在他手上!于子菲,你可得有出息,千万不能一见帅哥笑就没了方向。

“这些天过得好吗?”在我不知道要接什么话的时候卢佳逸选择先开了口。

“还不那样!”被他拿走饭盒本该轻松了,却反而不知道手要怎么放才好。

我们开始沿着去食堂的路走,他也不再说话,好像在沉思着什么。

“花,谢谢了!”我耐不住沉默,开口。谁知他一脸不知所谓地看着我,1秒钟后恍然大悟的表情不太明显,但我还是发现了。

为什么是这种表情?是送的人太多,忘了也曾送给我吧?刚才对他的一丁点好感又消失殆尽。

“你喜欢吗?”他竟然还敢问?以为我于子菲是白痴吗?

“不喜欢,你就别再浪费钱在宿舍阿姨的身上了!”我听到自己冷漠的声音,余光瞥到卢佳逸有些失望的脸,突然又觉得不忍。

“那些阿姨硬是要我送给她们!”唉,我这个人就是心太软了。

“是吗……你慢慢就会喜欢的。”卢佳逸在沉默了有10秒钟后笑着说。好莫名其妙,我怎么就非得喜欢?我侧过脸想问为什么,再次看到他疲惫的样子,眼睛下方还有淡淡的黑眼圈。熬夜了?想到这里,要问的话又被咽了回去。于是我们再度陷入沉默。

阳光穿过小路两旁梧桐树叶的缝隙凌乱地洒下来,周围很安静,偶尔可听见一两声鸟叫。一阵微风吹来,空气里溢满了新鲜的泥土芳香,掺杂着树叶的味道。我微闭起眼，轻轻吸气。

咦？怎么会有一丝消毒水的味道？原来是从卢佳逸身上飘来的。看他好好的也不像有什么病啊！还是别胡乱猜测的好。

到食堂。卢佳逸让我先坐会儿，他去打饭。现在吃饭的高峰时段已经过了，没几个人。几个校工正在收拾冷饭残羹。

卢佳逸捧着四个饭盒回来，把绿豆汤放在我面前，然后到对面坐下。我闻到一股洋葱的味道，顿时一阵恶心。

“跟我换吧，我的没有。”没等我说话，他就把我的碗拿了过去，把他的那碗轻推过来。怕我不答应，他还连忙先吃上一口，说：“味道挺好的。”

我刚才的表情一定是明显的厌恶，不然卢佳逸怎么知道我不喜欢吃洋葱呢？他也真笨，撒这种漏洞百出的谎。如果觉得加洋葱味道好，他怎么会没打呢？看着卢佳逸努力咽下洋葱又假装不动声色的样子，我突然有点感动。

“怎么两次看见你，你都没戴眼镜？”我疑惑地问。

“今天不想戴。”卢佳逸漫不经心地答。

“什么叫今天不想戴？这样对眼睛不会有影响吗？”

“那是平光镜。”

“什么？这么说你眼睛没近视？那你怎么~？”我惊讶不已。

“他们说我戴眼镜很帅，看起来很有学问！”卢佳逸得意地说。

这个白痴！！败给他了！

“对了，那件事你没有告诉别人吧？”卢佳逸很小声地问，好像真的很怕被别人听到。

“我告诉贾晓了！”

“啊？你答应我不说的！”他很孩子气地埋怨我。

“我无意的。”我睁眼说瞎话。

“那就是故意的！”他强调。

“那你说怎么办？”什么嘛，强人所难的家伙！

“杀她灭口！”卢佳逸一本正经地说。

这家伙！他的清誉比人命还重要吗？

“去你的！对了，你们是怎么想到搞乐队的呢？这是你们的梦想吧？”我赶紧转移话题，把汤匙咬在嘴里问。

“是理想，不能实现的才是梦想。”他停下手，认真地说。

“那你的梦想是什么呢？”我问。

“现在还没想到。不过，梦想不是用来实现的，是用来靠近的。”他说完抬手送口饭到嘴里。

呵，说话还很有哲理嘛！看来也不是真的无脑。

“那个~你跟祁恒是怎么认识的？”我问完有点心虚地低头吃饭。

“我第一次见到祁恒的时候，他在酒吧里独自拨弄一只木吉他。那只吉他的琴弦有些硬，但他却能够把音弹得很准。当时我们的乐队只差一个吉他手了，所以我就问他愿不愿意加入我们，他想都没想就一口答应了。”卢佳逸拿起绿豆汤吸一口，接着说：“怎么说呢？我也不是很了解祁恒，只知道没有人去过他家，就连他的家人也没人见过。他都没上初三，初二那年就考上了这里，在学习方面可以说是个天才。他和旋惠上初中时就在一起了，听说是约好考雅未高中的，两人还从来没吵过架，感情很好的样子。具体的我就不是很清楚了。我对旋惠没兴趣，所以没打听。”

什么叫“对旋惠没兴趣，所以没打听啊”？！难道有兴趣就可以夺朋友之妻了？真下流！！你以为你很帅啊！人家旋惠还看不上你呢！真是叫人无法不讨厌你，去死吧！去死！

我压着怒气没有接话，只是沉默地喝绿豆汤。我干吗这么生气？难道还有别的原因吗？混蛋卢佳逸，明知道我喜欢祁恒，还说这么直。你真的是白痴吗？还是另有所图？

"哎~~，跟自己喜欢的女人谈论她喜欢的男人，还真是不好受啊！"卢佳逸见我不说话，撇撇嘴在那自言自语。

他一句一个喜欢，说的我气从丹田往上涌。你知道个什么喜欢啊？你有真正喜欢过一个人吗？喜欢是可以随便说的吗？

"什么喜欢喜欢的，你懂个P！你追我只不过是人类本能，别拿我跟你相提并论！"连再见也没说，我就急匆匆地站起来。我还记得要回去喂贾晓和旋惠那两头猪。

"女孩子别老说粗话，我是无所谓啦，给别人听见就不好了。"身后传来卢佳逸温柔的声音。

听得我鼻子酸酸的，真是BT，干吗对我这么好啊？我刚无缘无故地骂了你，拜托有点骨气好不好！真没用，这眼睛是怎么了，好好的，干吗一个劲地酸，可恶！

"对不起！"我背对着他说完就头也不回地走了。还好他没有追上来，我可不想让他看见我这副样子。

回到寝室，两个饿鬼兴高采烈地夺过饭狼吞虎咽起来。我没有提刚才碰到卢佳逸的事。只听见她们边吃还边喋喋不休地议论。

"这是什么菜啊！"

"是蕨菜。"

"硬得像牙签！"

“就是,还有这米饭~……”

“简直不是饭,是糠!”

“是生的嘛!”

“是糠!”

我心里莫名地烦躁,气道:“你们两头猪!有糠吃就不错了!”

(十四)

之后的日子,我开始很认真地学习,去得最多的地方就是图书馆。我不停地写字,来充实自己的生活。

卢佳逸的花仍然每天准时送到,不变的香水百合。隔三差五他就亲自来一趟,说些让人心跳的话。

自从咖啡馆那次见面以后,我就没有见过祁恒。而旋惠也一直按时上课、回宿舍。很奇怪,他们都不约会的吗?

最近倒是贾晓周末经常出门,还早出晚归的。听她说是在一个什么画室学画画。我以前怎么不知道她还有这爱好?

中午。教学楼的走廊上。

“于子菲,等一等!”我闻声回过头。

“张老师?有什么事吗?”我不是做错什么,让她抓住小辫子了吧?

“哦~,没事。就是你的入学证明条还在教务处。最近校领导要检查,你要是有空就去拿一下。明天交给我,没问题吧?!”

“哦,好的!”我能说有问题吗?真是倒霉,那本《毒伯爵该隐》还没看完呢。

“恭喜中奖!”张老师走后,贾晓幸灾乐祸地说。

“最毒妇人心,这话一点没错!”

“哎呀,你们俩别争了!子菲,要我陪你去吗?”旋惠最受不了我和贾晓斗嘴。

“不用了,我去去就来。你先走吧,待会见!”

“喂!竟敢无视我的存在!”旁边有只猪在抗议。

“哼!本小姐今天心情不太美丽,懒得理你。”

晃到了教务处。我说明来意,里面的一个年轻女老师要我等一等,她去找。结果我喝下了三杯纯净水也没见她出来。实在按捺不住,只好进去找她。资料库里的文件、书本满满地堆到了房顶,场面颇为壮观。我大声地喊“老师”,半晌也没有人应声。我不敢再往里走,待会有人看见要以为我是来窃取国家机密的就糟了。

想到此处,我急忙转身,不料不小心碰掉了一份文件。捡起来准备放回原处,瞟到名字一栏写着“花溪”。这不是豆腐脸吗?我按捺不住好奇,四顾无人,赶紧做贼似的抽出来看。原来是一张学费交纳单。交纳人一栏写着“花键刚”三个字,应该是她爸爸吧。正要插进去,发现后面还夹着一张,打开来看,是左昕的。交纳人一栏里也赫然写着“花键刚”。怎么回事?左昕的学费怎么是豆腐脸她爸出的呢?她们是亲戚?难怪左昕要一直跟着豆腐脸,原来是身不由己啊!

“你在干吗?”身后突然传来一个声音,吓我一跳,手里的文件夹掉到地上。

“没有,我看您半天也不出去,就进来找您~ 。”我慌忙解释着,蹲下去捡起文件夹。

女老师怀疑地看了看我,接过文件夹,说:“这儿的东西不可以乱

动的。以后注意!”

“知道了,对不起!”我见滑梯就坐,急忙低头认错。

“拿去,你的入学证明。”她随即递给我一张纸条。

“谢谢老师,我先走了!”说完一溜烟就跑了出来,吓死我了!

下了楼走在长廊上,隐约听到劈里啪啦的雨声,走出来才知道下起了暴雨。

天空轰然响起一阵雷声,粗重的线条直直地冲击着路面,眼前是白茫茫的一片,好像是笼罩在大雾中。我突然就想起了那晚的梦,想起了多年前的那场大雨……

没带伞的我可怜巴巴地站在华锦小学那座唯一的办公楼的门厅里。紧闭的窗户仍关不住雨的怒吼,靠门的盆栽已被雨水溅湿。我犹豫了一会,还是一头冲进雨里,开始狂奔。

当我全身几乎湿透的时候,祁恒的手又一次拉住了我的胳膊,他什么也没说,只是把我拉进他的伞下。

一路上我们谁也没开口说话,也不觉得尴尬。他艰难地把伞撑稳,抿着嘴想要看清前面的路。我全身冰凉,冷得发抖,但紧贴着他身体的一只手臂却很温暖。第一次,一个男孩的身体让我感到安全。他把我送到家门口才转身离开,连再见也没说就又冲进了雨里。

第二天的空气格外地清新。我走到路口的时候,看到了等在那里的祁恒。他对我说:“这条街道一共有 47 根电线杆,你家在第 21 根的位置,而我家在第 28 根处,我们只隔了 7 根电线杆的距离。”然后他干净利落地跨上单车,说:“所以以后一起走吧!”

我不会骑车,所以那段日子祁恒一直是推着车陪我一起走回家的。

他的话不很多，总是笑着听我喋喋不休地说些芝麻点大的小事。每当走到那家6－11 的时候我们总会停下来喝一杯或热或冰的木瓜奶，雷打不动——这是我和他唯一一个相同的爱好。那时候我总是觉得时间过得很慢，走在那条看起来还是很长的路上时总希望快点长大。

记得那是北风呼啸的一个下午，我狠狠地在数学老师的手臂上留下了五条深深的爪印。他们于是把我关在美劳室里，整个下午都没有一个人来看我，而我竟没有哭，好像仍沉浸在终于对数学老师报了“仇”的快意中。

我被放出来的时候天已经黑透了。我鼓起勇气走出校门，迎接我的竟是祁恒有点邪气的笑容和一罐已经不热的木瓜奶！

偶尔祁恒也会来我姑妈家找我，但他从不进屋。我们就在楼下，谈天说地，那个兴高采烈！

那段记忆在某一个时期很使我快乐过，就是现在回想起来也是无法默然的。

（十五）

“子菲，你在这儿干吗？”一个声音将整个时空完全搬回现实之中。

“哥？你怎么来了？”我居然一点也不知道！

“我来接你回家吃饭的，一下车就看见你站在这里发呆，想什么呢？”于帆抹了抹脸上的雨水问。

我这才发现周围的景色微暗。一阵风吹来，空气凉凉的。

“哦，没什么。怎么，今天要回家吃饭？”我缩了缩脖子，觉得有点

冷。

“冷吧？来，快穿上！变天了，我来带你回去加衣服。先别说了，车停在外面！”哥脱下他LV的外套披到我身上，搂住我冲进雨里，直跑到校门口，上车。

“子菲，你好啊！哎呀，怎么全湿了？来，拿去擦擦。”原来安婷（哥的女朋友）也在啊！

“哦，谢了！”我接过安婷递过来的手帕擦脸，顺便打量了她一番。我们有几个月没见了吧，她的头发又长了。安婷是特产的office小姐，和于帆有着相称的气息，妆容精致，举止典雅，永远的范思哲或Ellen tracy，有棱有角，从不打皱，一看就是精明能干的女中豪杰。的确，她能够很从容地挽着哥巧笑嫣然地出入各种气氛高雅的场合。

“安婷刚出差回来，说带了点补品想给妈送去。”哥一边解释一边发动引擎。

我在路上想起贾晓和旋惠还在等我，于是打了个电话告诉她们我要回家吃饭。

一到家里，安婷就特别热乎地跟妈寒暄，把带回来的补品往妈怀里塞。我一看，大包小包的人参、燕窝，多得都可以开药店了，还真舍得出血啊！

妈端鸡汤过来，笑说：“你看你，自己人还这么客气！”

安婷听了，在我耳边笑得天花乱坠，估计她是认为我妈把她当媳妇了。要是让她知道我妈对谁都这么说，一定会气死！

其实我对安婷印象也不坏，只是总感觉于帆和她不来电。在她面前于帆总表现得沉稳端凝，比起恋人他们更像是配合默契的黄金拍档。不过也许这只是我一厢情愿的想法。于帆第一次带她来我家的时候，爸妈都特别喜欢,说她和我长得像姐妹俩,硬是要收人家做干女儿。我现在都还记得安婷当时受宠若惊的样子。

吃过饭,哥说要送安婷回家,顺便把我带回学校去。妈不同意,说雨下得大,明天早上再过去。我也想留下来多陪她一会。

舒舒服服地泡了个澡,躺到床上跟妈谈心。

"菲儿,你还在生你爸的气吗?"妈冷不防飞来一句。

"哪能啊?没有了!"我没撒谎,是真的没有了。

妈指的是爸立遗嘱的事,他一分钱也没有留给我,全给了哥。虽然当时是很不开心,可我想爸这么做一定有他的道理,或许他认为我还小,哥会比较妥善地管理这笔钱。除此之外,我也想不出别的理由。我实在不愿承认他因为只爱哥,才把一切全给了他。虽然我并不在乎这些钱,可是我的心还是忍不住地疼。我很清楚,十个我也比不上一个哥。对于爸的偏心,我早就习惯了。小的时候,每次出差爸都会给我们带礼物,可是他从来不会像陪哥玩小赛车一样陪我和洋娃娃。我总是老远地看着,不让他们发现……

"你不应该怪他的,他到最后还惦着你啊!"妈有些沮丧。

"妈你别这样,我真没有!"我轻轻拍了拍妈的背,却有两颗泪珠被抖落下来。

没能见上爸的最后一面是我最大的遗憾。当我赶到医院的时候爸已经走了。他安静地躺在床上,一动不动。哥背对着我,身体不停地颤抖。妈没有像我以为的那样颓然瘫倒或是号啕大哭,而是静静地陪在床边,好像爸根本是在睡觉。一时间我的身体从上冷到下,冷到没有力气思考。哥转过身,轻轻地告诉我爸直到生命的最后一刻还在用虚弱的声音叫着我的名字,想要跟我说话。然后我哭了,哭得要一堵墙才能

支撑住。虽然已经过去半年多了,那天的情景仍然历历在目。

妈突然异常温柔地问我:“你知道我和你爸是怎么认识的吗?”

“不是‘文革’中接受贫下中农再教育的时候认识的吗?”我以前听妈简单提到过。

“是啊~,那时候我是文工团的宣传小兵,好多小伙子追。可我偏偏看中了你爸。知道是为什么吗?”

我摇摇头,听妈继续讲。

“他连正眼也不瞧我一下。呵,那时候我就知道他不一般,以后一定是干大事的!唉,那段日子啊,真是……”妈像是蓦地想到了什么,话也戛然而止,中断的话茬儿凝固在空气中。她的脸色也立刻变得很难看。

“你怎么了,妈!没事吧?妈!”急得我一个劲地问。

她大约愣了30秒后,总算是缓过来了,但没有再说话,默默地躺下睡了。

在我极力游说下,哥强行送妈去了一次医院。医生说只是精神上有些压力,没什么大碍。但我还是放心不下,坚持要给她再请个保姆,妈拗不过我,勉强答应了。

(十六)

一连几天,贾晓都晚上出门。看来一定有问题,不会是在学画画的地方有什么艳遇吧?算了,乱猜也没用,她的事迟早要对我曝光的。难得她今天和我一起来上晚自习,暂时饶了她。

“哈哈哈~。”前排突然爆发一阵笑声。

是豆腐脸！我立刻想到学费交纳单的事，留意了一下她们两个。花溪除了历史课安分一点（趴着睡觉）以外，其他的课要么不来，来了就一准大声喧嚣。怎么对历史小阿哥这么慈悲？难道另有隐情？怎么搞的，我什么时候变得这么八卦了！左昕还是老样子，像只害羞的金丝雀，说话细声细语，走路轻手轻脚。

老天爷是不是发神经啊？下午还是16摄氏度，晚自习就降到了5摄氏度！想冻死我啊！

“你在发抖，穿上吧！”贾晓脱下她的外套递给我。

“开什么玩笑，你就穿件薄衫，想冻成冰棍啊！”我当然不忍心把自己的快乐建立在别人的痛苦之上。

“我回宿舍加件衣服，有老师来就说我病了！”再耗下去，我就真的翘辫子了。死有重于泰山、轻于鸿毛之分，我怎么能就这样挂了？

从教学楼到公寓的路上，我双臂交叉紧抱着臂膀，冷得直哆嗦。好凉的风，有没有搞错！妈的，混蛋老天，你想整死我啊！就在我想用更恶毒的话咒骂老天时，有什么东西落到了我的背上，突然间觉得好温暖。

回过头来，是祁恒！怎么会是他呢？

“你在干什么？”他问。

“……”我木头般立着。

“穿上它，回教室去吧。”他指了指我身上的外套说。

“可是你~？”我注意到他只穿了一件短袖套头衫。

“没关系，你走吧！”祁恒笑了笑说。

我定定地看着他，没有移动半步。

祁恒也迟疑地看着我，低下头再抬起来，说：“那我先走。”

“等等!”我叫住他,他停住要走的动作,回头。

“你~知道卢佳逸他对我~?”我犹豫着说还是不说,吞吞吐吐。

“知道。”没等我说完祁恒就打断我,似乎有点不高兴。

“你有什么话要对我说吗?”

“那是你们的事。”他笑着说。

“你~真的不喜欢喝木瓜奶了吗?”我怀着最后一丝期待问。

一阵沉默……

“子菲……”他终于开口。

我惊讶地抬起头,要知道这是他第一次不带姓地叫我的名字。

“你这样我会很为难,忘了好吗?”祁恒的语气很冷漠,透着一丝无奈。

他的话像一根细细的丝线,缠绕着我的心脏,直到它失血般苍白。原来我的一切,对他的曾经、现在和将来,都毫无意义!在这一刻,我真正感受到了什么是窒息。这是祁恒第二次说让我忘了过去,我的心痛得碎落满地。我走到教学楼的门口,靠着柱子蹲了很久,一点也不觉得冷。祁恒的外套很大很温暖,我用它裹紧身体,可以闻到衣服上残留的他的味道。我蜷成一团,用膝盖抵着胸口听自己的心跳。

我记起了祁恒想要留住我、袒护我的情景——

有段时间,我们的班主任想出了一个极愚蠢的点子,放学后每个人都要留在教室里等班长点完名才能离开,表现不好或是坐姿不雅的同学就要多待一会。于是我每次都会被留到最后一个,因为祁恒从来不点我的名字,所以后来我干脆拿书本出来赶作业。其实现在想想,他根本没必要那么做,因为我一定会留下来等他的,我早就不习惯没有他的路程了。

祁恒在班上的威信很高。小孩子爱玩，每逢老师不在大家都会大声地聊天、说笑。但只要他往讲台上一站，就没人敢再吱声。当然，很多时候祁恒是不管的，只有心情不好的时候，他才管住大家。

一次自习课，大家本来都很安分地在温书，楼下突然传来低年级排节目的声音，好奇的同学都飞奔到走廊往下张望，当然有我一个。祁恒没有出来制止，我回头看见他懒懒地趴在桌上，一副事不关己的样子。后来班主任来了，很生气地要祁恒说出刚才不在教室的人的名单。祁恒回头看了几次，点了一些人的名字。每次回头他的目光都会扫到我，吓得我手心直冒汗，但他最终还是没有说出我的名字。

“还有一个，我站在楼下数过了，一共 13 个！”班主任冷酷的声音响彻整间教室。而祁恒的沉默让气氛变得紧张。我想班主任是不会像对我们吼叫那样对待祁恒的，起码我从来没有见到过她当众批评祁恒。

终于，班主任妥协似的说：“是谁？自己站出来！我知道是个男生！”我猛然意识到自己留的是刚剪的毛边短发，她一定是把我错看成男生了！我长嘘一口气，总算是过关了。

此事最后的结果是，一个平时很捣蛋的无辜的男生做了我的替罪羔羊，被罚擦了三天的地板。

回想起这些有趣的往事，我不知是该笑还是该哭。

过了不知多久，我终于决定起身走回教室。

“你哪来的男生的衣服？”贾晓奇怪地望着我。

“祁恒的。我在路上碰到他。”我轻描淡写地说。

旋惠听到祁恒的名字，条件反射地望过来。

“我找他硬抢来的。呵呵，你男朋友心地真好！”我连忙心虚地解释。

“是吗~~~~~？”贾晓立刻露出蒙娜丽莎的微笑，用只有我听得到的声音说。

“那~，那他穿的什么？”旋惠的脸色马上变得苍白，语气也激动起来。

“他……”被旋惠的表情吓到，我不敢告诉她祁恒只穿了一件短袖。

“你倒是说啊！”旋惠急得几乎都要哭出来了，声音有些颤抖。

我和贾晓惊讶地看着她，一时说不出话来。班上安静下来，都把注意力转到我们这边。旋惠突然拔脚跑了出去。我和贾晓反应过来后，也赶紧追了出去。

找了半天也没见旋惠的人影，我的脑袋一片混乱，毫无头绪。到底怎么了？我说错什么了吗？祁恒有什么事我不知道吗？他怕风？不对啊，他不怕的啊！真是的，到底怎么了嘛！我觉得自己都快要崩溃了！

“子菲，怎么？你哭了？”贾晓手足无措地扶住我。

“我没事，没事。”我边擦眼泪边说。

“都哭了，还说没事！这旋惠是怎么了？无缘无故的！”贾晓嗔怪地说。

“别怪她，她也是关心祁恒。只是~~祁恒有什么事我不知道吗？”

“你还在关心那家伙啊？醒醒吧！人家现在是旋惠的男朋友啊！”

“……”

“好啦！卢佳逸不挺好的吗？人家又帅又有钱，对你又好。你就别再钻牛角尖啦！有些东西失去了就是失去了。知道吗？”

（十七）

我把祁恒的衣服叠好，放在旋惠的床上。贾晓说了很多安慰我的话，但我只听进去一句，而且深深地记在了心里。她说："于子菲，这辈子你们是错过了！"

第二天醒来的时候，头昏昏沉沉的，不过我灵敏的鼻子还是在第一时间闻到了食物的香味。旋惠正一脸笑容地端着一大碗皮蛋瘦肉粥放到桌上，见我醒了忙叫我起床。

"子菲，快起来吃早点了！很香哦！"旋惠说着还闭起眼睛，作势闻了一下。

"你早上才回的吗？"我突然想到昨天到睡前她都没回来。

"不是，我昨天到祁恒那里去了，大概凌晨1点钟回来的。你们都睡了，你还像猪一样直哼哼！哈哈……子菲，对不起，我昨天不是故意对你大声的。可以原谅我吗？"旋惠弯着八字眉向我道歉。

"没事，睡一觉就忘了！对了，祁恒的衣服帮我还给他，顺便谢谢他！"我指了指旋惠床上的衣服说。我可不是小气的人，再说还有美味的早餐呢！但……她真的在祁恒那儿待到1点多？那么晚，两个人能干什么呢？

"是什么东西？好香啊！"贾晓突然把头从被子里钻出来四处张望。

"是皮蛋瘦肉粥啊！还有葱油饼呢！"旋惠献宝似的从身后拿出还冒着热气的纸袋。

"旋惠？你回来了！祁恒是不是有什么事啊？"贾晓百无禁忌地张

口就问,我也顺势看向旋惠。

“其实……祁恒他的身体不是很好~ 。”旋惠犹豫着说。

“他怎么了? 得了什么病吗?”我意识到自己的声音很激动。

“你~~ ?”旋惠看到我的样子,有些奇怪。

“她硬把祁恒的衣服抢来穿,要是因为这个祁恒有个什么三长两短,子菲心里怎么过意得去呢?”贾晓赶紧帮我掩饰。

“不,不,不关你的事,你可千万别自责!”旋惠好像相信了。

“那到底是怎么回事呢?”我这次稳住情绪,平静地问。

“……我跟祁恒上初中的时候是同班同学。那时候他感冒过一次,一连两个星期都没有来上学。后来我听我妈说,感冒严重了容易得肺炎……所以,昨天才担心地出去找他。其实我也知道肺炎不会那么轻易就得的,可是一场小感冒怎么会病那么久呢? 我想,我想,他的身体一定很弱吧!”旋惠解释的时候一直流露着担心的表情。

我的天! 就是因为这个? 可见这个女孩有多么爱他,我连她的一半都做不到,还拿什么跟她争?

“就是这样??”贾晓不可思议地看看我又看看旋惠,很好心地替我问她:“你一定很喜欢他吧?”问完,发出一声意味深长的叹息。

旋惠脸上立刻浮起一抹红晕。

于子菲啊于子菲,你怎么能忍心伤害这么可爱的女孩? 该是你放弃的时候了! 我突然想起这样一句话:感情也许可以经受岁月的考验,但却承受不起心灵的折磨。爱,依然是爱着的,只是那爱不再奢望结局。与其在日后想尽办法补偿,不如早早放手,解放彼此心灵的制约。

“现在都说清楚了,可粥也凉了!”旋惠惋惜地看看碗里。

“没关系,我吃!”看贾晓的样子,似乎饿得能吃下一头大象。

“凉了！算了，反正起来了，我们下去吃！”我好心提议。

“我可是特地买给你们的啊~~！！”旋惠激动得直跳脚。

“哎呀！下次我去买给你吃！”我说。

“不行！”

“买两次。”

“嗯~，还是不行！”

“5次！！”

“考虑一下。”

“最多7次！”

“向毛主席保证！”旋惠和贾晓几乎异口同声。

我倒！这两个黑心鬼，真是比黄世仁还黄世仁啊！

吃过早饭，三个人轻松地走在从教室通往操场的路上。旋惠想起来要去趟张老师的办公室，我和贾晓约好到2号宿舍楼前的草坪上等她。

“喂！那不是史班渝吗？”正走着，贾晓突然指着前面的人叫道。

“是啊！他背后面是什么？”我忘了戴隐形眼镜，只能看见一团白东西。

“是张N次贴！我们过去看看！”她说完就一溜烟地跑上前去。

“哈哈哈……‘我信冲动！’”贾晓把纸条撕下念了出来。

“谁干的，这么无聊！像小学生！”我忍住笑说。

“一定是OMI！”石斑鱼好像生气了！

“呵呵~，才四个字就能错一个，还真有本事啊！该是‘性冲动’吧？”贾晓真不知道察言观色，在那里笑得地动天摇。

还好石斑鱼没生气，反而被贾晓的样子逗笑了。

文见38页

文见51页

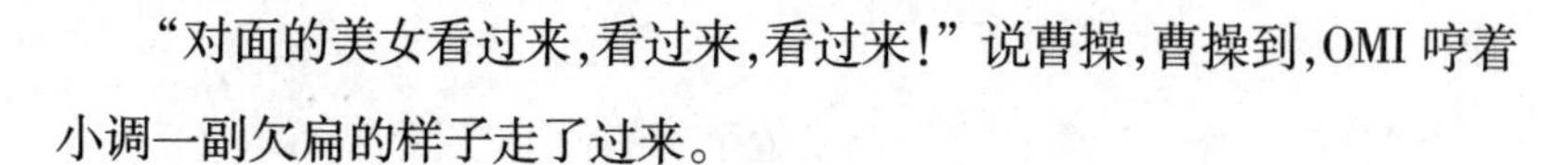

“对面的美女看过来，看过来，看过来！”说曹操，曹操到，OMI 哼着小调一副欠扁的样子走了过来。

“谁想看你啊！长得跟只癞蛤蟆似的！”贾晓没好气地说。

“没您什么事吧！大婶！”

“你~ 还真是狗嘴里吐不出象牙！”贾晓气得直翻白眼。

“这是你干的吧？”石斑鱼斜眼瞪着不知死活的 OMI 问。

“是，跟你开了个小小的玩笑。嗨嗨，不要动怒嘛！身体要紧，身体要紧！”亏 OMI 还装出一副很关切的样子来。

哇！石斑鱼好像真的要发作了！赶快避一避，殃及无辜就不好了！

“你~ 你~ 你个文盲！！！”谁料石斑鱼涨红了脸不过才说出这么句让我喷饭的话来。

狂晕！我没听错吧？哪有这样骂人的，完全抓不住重点嘛。要不是考虑到置身公众场合，我一定笑得满地找牙——不对，是满地打滚！

OMI 睁大眼一动不动，活像那秦始皇的兵马俑。很明显他也被石斑鱼弄晕菜了！

“不是跟你说了吗？不会骂人就不要骂嘛！你看你，说得牛头不对马嘴，只会成为人家的笑柄！”反应过来的 OMI 开始苦口婆心地教训可怜的石斑鱼，颇有我妈的风范！

“啧啧啧~ ，真是珠穆朗玛嘴啊！”贾晓又来劲了。

“点解？”OMI 停下滔滔不绝的说教，疑惑地问。

“就是说珠穆朗玛峰有多高，你的嘴就有多长喽！”我实在看不下去这家伙这样欺负我们可爱的石斑鱼了。

“都是女流之辈，贫道不跟你们一般见识！”呵，他还变道士了！

“谁跟你一般见识啊！我们连‘呸’你的兴趣都没有！”贾晓当仁不

让。

“你~~，算了！看在你们都是抢手货的分上，我好男不跟女斗！”

“什么抢手货？”贾晓问。一听就知道不是好话，她居然还笨到要人家解释。

“你们不知道吗？20岁的女人热销，30岁的女人推销，40岁的女人滞销，50岁的女人自动报销！”OMI振振有词地说。

“哈哈哈，你从哪听来的啊！好好笑哦。子菲，你听见了吗？哈哈~。”

“当我隐形啊！”一直在旁边观战的石斑鱼终于发话了。

“奴才不敢！”他又变太监了！

“小乐子（各位还没忘吧？OMI的大名是程乐），摆架宿舍楼！”石斑鱼顺竿就爬，还真以为自己是天皇老子了。

“你干吗急着走啊？是不是怕我说漏嘴了？哎呀呀~，你多虑了！我嘴巴很严的！”OMI一副有王牌在手的表情。看来是有什么大秘密啊！这OMI真混蛋，摆明了是恐吓小弟弟嘛！

“你想怎么样？”石斑鱼真的吓坏了。

“你们做了什么不可告人的勾当？老实交代！”凭贾晓的好奇心是一定要打破沙锅问到底的。

“坦白从宽，抗拒从严！”当然我也一样，呵呵~。

“你真的想听？”OMI看着贾晓调侃地问。

“怎么了？难道~史班渝是BL（玻璃，即同性恋）？”贾晓开始发挥她强大的想像力。

OMI一定没想到贾晓能往这方面想，在那一个劲地傻笑。笑完才说：“嘿嘿~，你的想法还真是，真是很农民耶！”

“农民?”我和贾晓睁大眼睛。

“俗气、肤浅、没见识!”OMI不屑地摇摇头。他怎么能这么瞧不起农民伯伯? 这厮真是被宠坏了。

正在这时,豆腐脸和左昕夹在一大票人中间从我们旁边走了过去。与其说是人,不如说是一大票的小痞子! 瞧他们那样,大白天的招摇过市,也不怕环保局的来给收拾了去。

“恶心死了,我鸡皮疙瘩掉了一地!”我就知道贾晓一定会讥讽几句的。

“就是就是!”我附和着说。

很奇怪,没有人接话。石斑鱼也就算了,怎么连OMI也没反应! 气氛有些尴尬,我得缓和一下。“嗯~,你刚才说什么秘密来着?”我问OMI。

“哦! 就是史班渝,他喜欢贾晓!”MOI勉强挤出一丝笑容说道。

什么??? 真是惊世内幕大曝光啊! 这OMI一不小心就把他哥们给卖了! 再看看石斑鱼,先是惊讶于OMI说讲就真的讲了,接着干脆来个低头不语。看来不像是造谣的哦!

“开什么玩笑啊? 子菲,我们走,不理他们了!”贾晓马上拉着我离开了这个是非之地。

我完全有理由相信在我们走后石斑鱼会把OMI海扁一顿! 呵呵~~,这就是珠穆朗玛嘴的代价!

(十八)

2号宿舍楼前的草坪上。

“我看 OMI 不像是开玩笑啊！你看见石斑鱼刚才那表情了吗？”

“就是不像开玩笑我才拉你走嘛！”

“人家石斑鱼挺卡哇依的！你考虑考虑啦？”我故意提高声调逗贾晓。

“……算了！迟早你也是要知道，我现在就告诉你！”贾晓像下了很大决心似的说。

“虾米啊？”又有什么事我都不知道吗？

“我已经和一个人在一起了！”贾晓表情严肃地说。

“谁啊？”我惊愕不已。

“你知道我最近在学画画吧！”

“是一起学画画的人？”看来我的预言真的实现了。

“不是~，是教画画的老师！”又是一惊，我是不是该考虑换个心脏了？

“啊？他……他是个什么样的人啊？”

“我知道你最讨厌师生恋了，可是他和别的老师不一样！”当然不一样啦，情人眼里出西施嘛。

“他 36 岁，有妻子和女儿。”贾晓平静地说。没搞错吧！不一样在这？

“你~你~你不是认真的哦？”我简直不敢相信自己的耳朵。

“不是说年龄不是差距，身高不是问题吗？”

“那你总不能说妻子不是障碍，女儿不是麻烦吧？”我有点急了。

“可是我真的很喜欢他，那种感觉甚至有点刻骨！”贾晓露出难以自拔的表情。

“可是，可是你们没有可能的啊！”我都为她感到棘手。

"我知道,我从来没想过从他身上得到什么! 子菲,就让我任性这么一回吧! 我并不想克制自己的感情,你能理解我吧?" 贾晓可怜巴巴地望着我。

"……我能,我当然能! 随着你心里想的方向去吧! 如果哪一天你发现自己不再爱他了,或是他不再爱你了,记得还有我,我会一直都在你身边支持你!"

"谢谢你,子菲!"贾晓握着我的手欣慰地笑了。

这时旋惠走了过来。

"等我半天了吧?"

"是啊! 你怎么这么久?"我问。

"一定是那个老巫婆的话太多了!"真难想像现在说这句话的贾晓和刚才那个柔情款款的她是同一个人。

"Right,加 10 分!" 旋惠也过来坐下。

"对了,你知道 OMI 或者石斑鱼跟豆腐脸——不对,跟花溪或者左昕有什么关系吗?"我突然想到他们两个笨蛋刚才反常的表现。

"怎么了?"旋惠一头雾水。

"到底有没有啊!"贾晓似乎也很感兴趣。

"左昕是 OMI 的女朋友。怎么了?"

"啊?? 你怎么不早说啊!" 贾晓一定为刚才讽刺她们后悔了。靠,我也帮腔了,这回真是死定了!

"你也没问啊! 到底怎么回事啊?"旋惠越来越糊涂。

我们追悔万分地把刚才的事告诉了旋惠,谁知她的反应更诡异。

"就这样啊! 哎~,没关系的,OMI 也不止她一个 GF 啊! 他花得很,不会在意的!"

不对,OMI是在意的！从他刚才的表情我就知道,并且我女人的直觉告诉我他绝对喜欢左昕。

“真的？那我就放心了,我可不想和那个煞星结怨！”贾晓长嘘一口气。

“差点忘了告诉你们,后天祁恒请客去玩,你们可一定要到啊！”旋惠突然说。

“无缘无故请什么客啊？”贾晓问。

怎么搞的,一提到祁恒我就紧张得不得了,心跳每分钟起码180。老天爷,您老人家就不要再考验我的心脏了！

“他这学期又拿了全额奖学金,所以……”

“又？这么说他上学期也是？”不等旋惠说完我就插嘴。

糟糕！两次我都反应这么大。旋惠起疑心怎么办？不过还好,她因为太高兴了没有注意到我的激动。

“是啊！他考进来的时候就是全免的啊！”旋惠一副你居然不知道的样子。

“好厉害！”真难得——贾晓也会表扬自己和我以外的人！

“那他~~说了请哪些人没有啊！到时候我和贾晓莫名其妙地跑去多不好啊！”当然,这句话我是故意问的,我真的很想知道他有没有提到我的名字。

“既然让旋惠告诉我们,当然是请了我们了嘛！”贾晓不容置疑地说道。

这个笨蛋,我又没问你！我真怀疑她的IQ是不是不及格。

“说了啊,你们两个都说到了！这还用问？”旋惠似乎觉得我的问题很好笑。

“哦~~ ,那就好！呵呵~ 。”我尴尬地笑笑。

贾晓这时候才会意过来,冲我抱歉地笑了笑。

（十九）

本来今天上午没课,我是打算去泡网吧的,可偏偏被卢佳逸这个兔崽子搅和了。这还不是重点,重点是这个杀千刀的居然不由分说地强行把我拉上了贼车。

卢佳逸今天身着一套 Yohji Yamamoto 的黑色休闲西服,一点也看不出原本的稚气不说,一张脸还被衬得英气十足。没想到他穿西服也这么好看!

这小子开的车是黄色的奔驰跑车。哼！小小年纪就挥金如土,整个一败家子!

“你到底要带我去哪儿啊?”我不耐烦地说。

“吵死了！到了你不就知道了嘛！坐好了!” 他说完,送上一枚邪恶的笑容。

卢佳逸开车和哥完全不同,准确地说他不是开,是“飚”！这么贵的车不知道心疼也罢,可再怎么样也该知道旁边还有条人命吧？我可不想和白痴同归于尽！坐在那里,吓得我连话都不敢说一句,生怕他分心。

“生气了?”卢佳逸试探地问。

我想说你是不是不听我骂你心里就不爽啊,但当时又不敢说,为了自己的小命,只能压住怒气。

“没有,专心开车!”

“没事！我技术很好！”他看出了我的担忧。

这倒也是事实。整条街道好像是他建的，这小子的方向感极好，有当“的哥”的潜力。

大约20分钟以后，卢佳逸把车开到了台北一路，停在了“小蓝鲸”的门口。

“吃饭吗？干吗来这么贵的地方？”我有点吃惊。

“拜托你件事！”卢佳逸边下车边说，看样子不像开玩笑。

“什么事？”

“把你自己交给我一个小时！”他表情严肃。

“你在说什么啊！有什么事吗？”我被他弄得有点糊涂。

“拜托了！就这一次，真的很重要！”

“到底什么事啊？”我有点急。

他不回答，眼里流露出恳求的神情看着我。

“……好吧！”哎呀，于子菲，你就是心太软，答应他不等于把鱼往猫嘴里送吗？不过话说回来，来都来了，我要是不答应，他能罢休吗？

“谢谢！”兔崽子满意地笑了。

我想得果然没错，看来我真不应该答应他的——居然敢牵我的手！不想活了!!! 我的手连祁恒都没碰过。这个天杀的!! 还捏这么紧，你、到、底、什、么、意、思??? 咦？这两个相貌平庸、衣着不凡的老家伙是谁，干吗直盯着我的脸看？

“妈、爸，这个就是我想要结婚的人。”卢佳逸平静地说。

妈？爸？这是卢佳逸的父母!？什么结婚啊！谁和谁？我的老天爷，别耍我了！

“子菲，叫伯母伯父啊！”卢佳逸用牵着我的那只手掐掐我。

“伯、伯母！伯父！”不行了，我快要发疯了！

“你们坐吧！”这是“伯母”的声音。

席间——

伯父：你们在一起多长时间了？

卢佳逸：一年。（胡说，认识还不到半年呢！）

伯母：子菲啊，你家是做什么工作的？

卢佳逸：她爸爸是工程师，妈妈在医院做护士长。（他怎么知道？我爸早就不当工程师了，自己干，当老总多好！）

伯母：哦！那还是知识分子呢！

伯父：你~真的是我们佳逸的女朋友吗？（看来他察觉到我的异样了！）

卢佳逸：当然了。（这贼子竟然一点都不心虚！）

伯母：我们在问子菲呢，你这么激动干什么！

我：……

伯母、伯父：怎么???

就在这一刻，卢佳逸做了一个胆大妄为的举动，也是最让我后悔之前答应他无理要求的举动。他一只手环过我的脖子捏住我的下巴往上抬，然后把唇贴在了我的脸上！

天啦！地啦！神啦！我实在无法忍受了，这么被你占便宜，我找块豆腐撞死算了！卢佳逸！对不住了！！就在我准备发作的前一秒，目光先对上了两双慈祥的、微笑的眼睛！顿时，我就像只泄了气的皮球，那股冲动消失得无影无踪。

卢佳逸：她很害羞的，这样总可以解除你们的疑虑了吧！（好小子，你等着！看我是不是真的很害羞！我不撕了你！！）

伯父:咳咳……都还在上学,注意点分寸。(既然知道我们都还不过是高中生,那么着急见媳妇干吗?)

伯母:这个佳逸!真是调皮,弄得子菲脸都红了!

我:……(我的心在呐喊!!脸红半是害臊,半是有气发不出,憋的!)

终于可以离开了!这顿饭真是吃得比背化学元素周期表还要艰苦100倍!混蛋卢佳逸,咱们该说88了!我气冲冲地横穿过马路。

“的士!的士!”它不停。

“TAXI!TAXI!”又开过去了。TMD,连它也跟我作对吗?

“那好像是辆甲壳虫~。”卢佳逸追过来说。

“不要你管!!”我冲他吼,再次伸手拦车。这次该是出租车了吧!

卢佳逸扯住了我的胳膊。

“你又想干什么?卑鄙、无耻、下流、低贱、肮脏、龌龊的混蛋!”这次我真的生气了。

“对不起,师傅。你走吧!”他带上车门没搭理我。

这时,我的初中同学刘柳突然出现,有点惊喜地冲着我大喊:“于子菲?你怎么在这儿啊!?”

“刘柳?好久不见了!”我勉强支撑着笑颜。

“就是!毕业到现在都没联系嘛!这是你朋友?”刘柳看到卢佳逸问。

“不是,只是碰巧同校又碰巧遇到的不相干的人!”我解释。

“哦……”刘柳瞥见卢佳逸抓着我的胳膊,似笑非笑地应了一声,她一定以为我们是小两口吵架了。

“那我先走了,再联络吧!”然后她自以为很识趣地走开了。

“你放手!!”目送她走后我使劲甩开卢佳逸的手,往马路那边冲。

“别闹了！你想被撞死吗?!”卢佳逸一把把我拉回斑马线后面,然后在众目睽睽之下抱起了我。

“你到底要干什么！放我下来!”我拼命挣扎,歇斯底里地叫喊。

（二十）

卢佳逸一声不吭地径直往他的跑车走去。他先把我放在了驾驶副座,再绕过来自己坐进驾驶席。

“……对不起!”他长嘘一声,说道。

“为什么这么做?”我也冷静下来。(我可不是无理取闹的人。)

“刚才那个人不是我爸!”卢佳逸平淡地说。

“那他是谁?”我又被搞糊涂了。

“我妈的丈夫。”

“你是说~他是你的后爸?”

“嗯~,我的亲生爸爸在我2岁的时候就和别的女人跑了!”卢佳逸的语气平淡得就像是在说别人的事一样。

“你恨他吗?”

“我不会去恨一个连样子也没见过的人。”

“那~他对你好吗?我是说~后爸。”

“你看呢?”卢佳逸又开始抽烟(还是万宝路)。

“好像还可以,是吗?”我小心地问。

“是还可以,他给我足够的钱。”卢佳逸猛地吸一口说。

“只是这样?”

“这样就够了，一个人想要的不能太多。”他手里把玩着都彭。

“他~ 不疼爱你吗？”

“他爱妈就够了……只是也爱不了多久了！”卢佳逸的眼神突然黯淡下来。

“为什么？”我有种不好的预感。

“他快要死了，是脑癌。”

“那他怎么不住院？”我惊讶不已，也心痛不已，爸走也是因为这该死的脑癌。是否男人为了养家就要付出 N 多脑力，以致患上恶疾？

“他现在是住院期间，不知道为什么突然说想见我的女朋友。他很执拗，硬是要请假出来见，说把人带到医院晦气。从娶妈的那天开始他就没正眼瞧过我，现在突然提出这样的要求，我还真有点受宠若惊。”

“人之将死，其言也善。他会这样也是可以理解的！”我安慰他说。

“那你现在理解我了吗？”卢佳逸转头看着我。

“嗯~ 。”

“哎~~ ，你可是第一个知道我家事的人。应该自豪才对啊！”卢佳逸又恢复成玩世不恭的模样。他跟贾晓还真是天造地设的一对啊！

“喂！你刚才为什么要说什么结婚的呢？”别以为我忘了！

“因为这是真心话嘛！”

“鬼才相信！你竟然敢 kiss 我？想死吗？”我怒视着他威胁道。

“我的吻很温柔吧！”这个混蛋还敢一副很得意的样子，不知好歹的家伙！

“你只要敢告诉别人，我就把你的舌头割下来！”

“哇！子菲好可怕啊！其实你是怕我告诉祁恒吧？”正中他下怀！这个狗东西哪壶不开提哪壶。

“你再说一句试试？我已经想好让你负荆请罪的方法了！”

“什么？”

“我现在呢，很想吃紫羊路那家‘许德记’的老婆饼！”

“开什么玩笑！这里是台北一路啊！（按每小时100公里计算是近40分钟的车程。）”

“我像在开玩笑吗？”

“好~~~~，老婆要吃老婆饼哪能不买啊！”

“谁是你老婆啊？”

“你喽！”

“你再说一遍！”

“老婆！老婆！老婆！”

“混蛋！”

“混蛋老婆？”

“你！”

“呵呵呵……”

不到30分钟，我们就到了“许德记”的门口。（大家可以计算他的车速了。）此时天边已红霞绵绵。我们运气很好地买到了刚出炉的老婆饼。内软外酥，看得我都要流口水了！

回到车里。

“嗯~~~，真好吃！”我满足地捧着老婆饼狂啃。

“一个女孩子，吃相怎么这么丑！”

“关你P事！”我没好气地说。

“又来了！我跟你说过了，女孩子讲粗话很难听！”卢佳逸皱着眉头说。

“喂！我口好渴啊！你去买罐木瓜奶来！”我用命令的口吻说。

“这穷乡僻壤的，哪有什么木瓜奶啊！”

“没有就到有的地方去买！！”我的语气明显地不容商量。

“小心别噎死了！！”这个混蛋下车前还不忘咒我一句。

“喂喂！快看！快看啊！”他怎么又回来啦？

“这是什么啊！”我顺着他指的方向往上看，发现一只大鸟。

“是鹰！！”说这话时卢佳逸的眼睛闪亮得像钻石。

虽然在电视和书本上看到过很多次，但亲眼看见老鹰这还是第一次。原来鹰是这样的啊！它和别的鸟有着明显的不同，周身的羽毛粗糙、硬朗，仿佛每一根羽毛都被气流鼓满，带有金属的光泽和质感。

“这是我第二次看到鹰了！第一次看到它的时候，它的翅膀使我触目惊心，一动不动，似乎是多余的装饰。但这并不妨碍它比任何鸟都飞得更高！那时候，我简直以为眼前是只黑色的风筝，没有生命，平贴在天空的表面。看着鹰，我的血会一点点地热起来！”卢佳逸显得异常兴奋。

“那它是借助什么力量飞翔的呢？难道仅仅是那股傲气吗？”我怀疑地望向天空。

“也许吧！”就在卢佳逸说这句话的同时，那只盘旋在我们上方的鹰终于飞走了。

“还记得你问我最大的梦想是什么吗？”卢佳逸突然问。

“难道是变成鹰？”

“嗯~，这就是我的梦想！”

“怎么可能呢？”

“所以啊！不能实现的才是梦想嘛！”

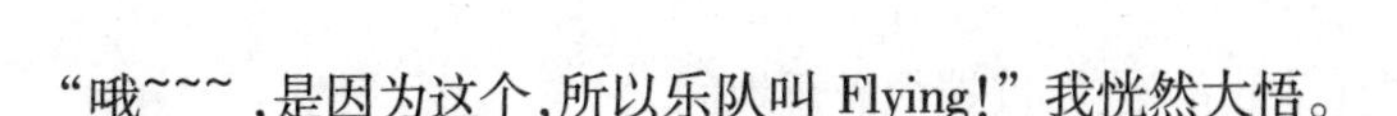

“哦~~~ ,是因为这个,所以乐队叫 Flying!” 我恍然大悟。

“聪明!”卢佳逸很得意。

“这样啊! 那我以后就叫你老鹰好了!”

“好傻!”

“那雏鹰?”

“不要!”

“飞鹰好点!”

“走开啦!”

(二十一)

今天下午就要和祁恒碰面了,整整一天脑子里挥之不去的全是他!

虽然知道这样做很蠢,但我还是刻意打扮了一下。换上 Aquascutum 的白底红花中长外套不说,从来都是素面朝天的我居然也在贾晓的大肆鼓吹下跟着抹了 Chanel 的口红,看来我实在无法做到不在乎他。旋惠则打扮得更仔细些,化了稍浓的妆,穿了咖啡色大 V 领的针织上衣和米色的窄身裤。贾晓就不用说了,她连下楼买酱油都会在化妆镜前磨蹭半小时,今天还特意背上了新买的 Callaghan 的皮包,当然里面毫无内容。

下午的课刚结束我就接到一个陌生的电话。

“喂?”

“喂,我找于子菲!”一个男生的声音。

“我就是!” 我耐着性子说。想都不用想,会这么白痴的只有一个人!

“你猜我是谁?”彼端很得意地问。

“你是来接我们的吗?(听旋惠说过卢佳逸会来接我们。)”我故意忽略他的问题。

“是卢佳逸吗?”贾晓在一旁插嘴。

“你先告诉我我是谁?”他仍不死心地追问。

“别这么无聊好不好!”我真是服了他了。

“你快说啊,我是谁?”

“卢佳逸。”我悠悠地说。

“猜对了!”他的声音很兴奋。

“这是你第一次叫我的名字!”他补充说。

“他到了吗?”这次是旋惠。

“你快到了吗?”我赶快回到主题。

“是啊!我在楼下,你们下来吧!”

“好,那再见!”

“应该说马上见!”

我懒得理他,狠狠地把电话挂了。真是浪费电话费。

一下楼就看见那黄色奔驰停在路边。

“哇噻!你化妆了?”卢佳逸夸张地展出一张发现新大陆的脸。

他今天又恢复了休闲的装扮,粉色的长袖T恤配烟灰色的直筒长裤。原来男孩子也可以这么适合粉色!对嘛,这样才像他嘛!

“漂亮吧?我化的!”贾晓在一旁急着邀功。

“还可以,这妆是为我化的吧?”卢佳逸笑得很诡异。他一定是故意这么说的。

“你还真会往自己脸上贴金!”旋惠抢先说了我要说的话。

“呵呵~，你们坐好了！”卢佳逸说着发动引擎。

车子飞速冲上大桥。我看见贾晓吓得脸都白了。她一定从没见过这么开车的。旋惠倒是挺镇定，估计是习惯了。比起上次，我也要显得轻松很多，卢佳逸的技术的确可以信赖。

“你玩命啊!!!”贾晓实在受不了了，大声叫道。

“喂！你开慢点，贾晓和子菲可是第一次坐！”旋惠提醒道。她还不知道我坐过卢佳逸的车。

“嗯~~，不好意思，我习惯了。”卢佳逸一边道歉一边减速，没有反驳旋惠的话。

卢佳逸把车开到市中心，在一家叫“天天”的D厅门口停住。

我们下车，进去。里面一派乌烟瘴气、纸醉金迷的景象：吵闹的摇滚音乐震耳欲聋，穿着超短裙的“酒推”到处溜达，还有些化浓妆的不良职业者躲在最后面的台子里叼着烟打扑克。我们在29号台找到了祁恒、石斑鱼和OMI。OMI旁边坐了一个穿得很露骨的女孩子，他没有给我们介绍，果然花心！我们坐下后，祁恒跟过来的服务生打招呼，好像很熟悉这里的样子。我注意到他今天的穿着是干净的蓝白条纹的休闲衬衫加洗得很旧的Gabbana的牛仔裤，给人的感觉跟卢佳逸很不同。卢佳逸总是一副电视剧里“小开”的模样，张弛有度；而祁恒却有种信马由缰的散乱，不羁而苍凉，像个不经意间掩藏忧伤的浪人。

祁恒：你们喝什么？

卢佳逸：啤酒。

贾晓：我也喝啤酒。

旋惠：我喝苹果汁。子菲，你呢？

我：啤酒吧。

OMI：我们喝橙汁！哦？（他对旁边的女孩笑着说。）

石斑鱼:我喝清水就可以了。（说完还瞥了眼贾晓,他一定还在意那天的事。）

贾晓:子菲,你不能喝酒！会醉的。

我:一点点,没关系。

卢佳逸:别逞强,喝饮料吧！

旋惠:哎呀！什么时候变得这么会关心人啦？（她调侃地看着卢佳逸。）

我:有木瓜奶吗？（我问服务员。）

服务员:没有,只有椰奶。

我:就椰奶吧！

祁恒:再加两份爆米花！

屁股还没坐热,音乐就停下来,几个打扮得不伦不类的人到台上讲些乱七八糟的段子。说什么一个男人向一个女人求婚,女人说:我的胸很小。男人问:有没有橘子大？女人答:有。结婚初夜,男人突然从新房跑了出来大声叫道:是金钱橘！诸如此类,和某些不良手机短信差不多,说来说去都是一些冷笑话,却还是有一群衣冠禽兽在那笑得前仰后合。还好我们这一桌对那些很不屑。

大约过了30分钟,那个讲笑话的宣布:“这里不仅是我们的舞台,也是你们每一个人的舞台,尽情狂欢吧!”然后音乐再次响起,灯光也配合着闪烁起来,我感觉我杯子里的椰奶也在跟着节奏晃动。接着就有两个格外“妖娆”的美女出来抱着台上的钢管跳起了艳舞。有些人已经迫不及待地蹿了上去。

“我们先去了!”OMI说完领着身边的女孩率先走了上去。

“我们也走吧！”祁恒突然起身拉着卢佳逸和石斑鱼要上。

“那个~……”卢佳逸看看我想要说什么，却已经被祁恒拉开了。

“好久没疯了。子菲，旋惠，Let's go！”贾晓开始坐不住了，硬是把我们拉了上去。

“真的好久没跳了，感觉骨头都硬了！”我大声跟贾晓和旋惠说。（因为实在太吵，不大声不行。）

“其实我不喜欢这里！”旋惠扯着嗓子喊。

“为什么？”贾晓跳得很疯。

“他们讲黄段子！”

“那你是不喜欢听黄段子。”我说。

“环境我也不喜欢！”旋惠皱眉说。

“那怎么选在这里？”我知道是祁恒选的，我想知道他为什么选这里。

“组合乐队以前，祁恒在这里做过DJ！”旋惠吃力地喊道。

“这样啊！”我明白似的点点头。原来卢佳逸说的酒吧就是这儿！

（二十二）

不知不觉中有几个人把我和她们俩挤开了，抬头看见的是一张陌生的脸，是个长得不错的男孩。他看到我的神情后浅浅笑了一下，我也回以一笑。

就在这时，我觉得有双眼睛在远处注视着我。如果我没有猜错的话，这个人是祁恒！我佯装没看见似的继续跳舞，可腰部却僵硬起来，脸上渐渐火烧。等我再转头看的时候他已经离开了。

几曲下来我已经是累得不行了，退到一边休息。看到有“酒推”过来，于是买了一瓶不知名的新口味的啤酒。

一侧头我看见了祁恒。他正坐在一个不显眼的角落的栏杆上，百无聊赖地望着舞池里激情摇摆着的红男绿女。我慢慢朝他走过去。

“不跳吗？”我问。

“今天有点累。”祁恒稍稍扯一下嘴角。

“恭喜你又拿到奖学金！”我笑着说。幸好有这么吵闹的音乐，否则一定会觉得尴尬。

“谢谢！”

我耸耸肩，抬手喝口啤酒。

“你怎么喝这个？这酒很烈，你会醉的。”他说。

“你关心我吗？”果然不错，估计我是真有点醉了。

“当然了，大家是朋友。”祁恒答得很自然。

“别说这种话，我从来不相信男女之间会有纯粹的友谊。所谓的纯友谊，是一种持续的错过或是一方永远的单恋！我们是哪一种？”我居然能一口气说这么多话？还是这种色胆包天的话，真是汗颜！

祁恒面无表情地看着我。

“我的回忆是你写的，你就得负责擦掉。如果你坚决丢弃我们的回忆的话……”这瓶酒不会是下了什么春药吧？看来酒真是壮胆的，这下完了，不该说的全说了！

“那~你想我怎么做？”他仍是那副架势，零下一度。

“你喜欢我对吧？不要否认，我看得出来。喜欢我就抱我！”我知道我以后肯定会后悔现在说的话，不过此刻我头脑发热，情感已凌驾于理智之上。

祁恒没说话，单手把我揽进怀里。就在这一刻，我几乎觉得自己是世上最幸福的人，苦苦等待的爱情终于有了结果！我缓缓地把手环上了他的腰际。他身上的气味是这样地让我依恋。一点也没有变，这么多年过去了，这个味道还是让我陶醉。他为我保留着这个气味，熟悉的气味。

还清晰地记得那个美丽的晚上，整条街道不知道为什么一盏路灯也没开，只有一颗颗的星星又大又亮。那首歌里唱着"就像满天星都跌进大海里"，我第一次坐在了祁恒的单车上。我没有去抓冰冷的钢条，而是把手臂轻轻地环上了他的腰际。当我搂紧他的白色衬衫时，他的头略微晃了晃，一股淡得近乎没有的皂香融入空气中。那种幸福是微风中的桂花瓣，是太阳里的肥皂泡，是湿漉漉的树干上开出的小嫩芽，清淡而又让人晕厥。那一夜的星星记载了我全部的快乐。

"一个男人即使不爱一个女人也是可以抱她的，所以不要这么轻易地献出自己的身体。"耳边忽然传来祁恒冰冷的声音。

这句话如晴天霹雳般把我打醒。他是在羞辱我吗？

"这是什么意思！是说我很随便吗？哼，那时的记忆对你来说就这么不堪吗？"我猛地推开他，无辜而羞愤的泪水已夺眶而出。

旁边有人在往这边张望。祁恒什么也没有解释。我从一群人惊异的目光中跌跌撞撞地跑了出来。回到我们的那张桌子前，一个人也不在。我找服务员要了三瓶刚才的啤酒（以我的酒量，三瓶足以让我瘫掉了），一杯接一杯地喝，仿佛在把这些黄色的液体当下午茶来喝，连气都不喘一下。我知道祁恒一定在看着我，那又怎么样？是啊！自古多情空余恨！你侮辱我很爽吗？这时候如果有个人过来搭讪，哪怕他是老头子也好，我就跟他一起喝。他不请我喝，我就吃亏一点请他喝。你不是嫌我随便吗？我今天就随便给你看看！

谁知等了半天也没个人过来搭讪。这里的人到底有没有眼睛啊？这么个大美女坐在这里你们看不见吗？两瓶啤酒下肚，我觉得胃里有股恶心往上翻涌，急急忙忙跑到WC就吐了起来。等我吐完了，一抬头自己把自己吓了一跳。这镜子里的是谁啊？像只大花猫，妆全都毁了，一双眼睛黑得跟熊猫似的。难怪没人来搭讪了，没被人赶出去就已经很走运了！不过也无所谓，我今天是豁出去了。

我回到仍是空空如也的座位继续灌酒。就在我要不省人事的前一秒，有人抽走了我手里的酒瓶。抬头看见卢佳逸心疼的脸，之后我就什么也不知道了。

（二十三）

“滴滴答滴~~”（我的手机来短信是桃太郎的音乐，超可爱的！）是哪个欠扁的这么早打扰本小姐会周公？恍惚中我畏畏缩缩地把手伸出被子去抓手机。

短信：日上三竿，乾坤朗朗，岂能贪睡乎？速起床也！！！

发件人：卢佳逸

这个兔崽子！！一大早就跑来催命！我把手机甩到一边，继续埋头大睡。

“滴答滴答~滴答滴滴答~~~”（我的手机铃声是“十年”的音乐，网上下载的，超好听！）

当手机响到第三个回合的时候我才极不情愿地接听。

“喂~~~~~”我几乎是用鼻子在说话。

“起来！不愿做奴隶的人们~~~”一个混蛋(不用说大家也知道是谁吧!)在大声地唱国歌。

“妈的！一大早悲壮个啥呀?”我恼羞成怒。

“醒了？我要上来了哦！再不起来小心被我看光了……”彼端威胁地说。

没等他说完我就把手机挂掉了,想了想干脆关机了。准备继续睡,却已了无睡意。混蛋,气死我了！连周公都被他吓跑了！一翻身听见有纸张的窸窣声,拿起来一看,是贾晓和旋惠留的纸条。

子菲:

起来了就把客厅茶几上的药喝了,开水我们给你打好了,就在热水瓶里。你昨天醉得很厉害,是卢佳逸把你送回来的。他待会可能会来看你,看人家多关心你！呵呵~,记得谢谢他哦!！老师这边我们已经帮你请好假了,放心!

爱你的:贾晓、旋惠

即日

汗,写的像情书一样！卢佳逸不会真的上来吧？不行,我得起来,他已经占了我很多便宜了！一起身才发现头像被砖头砸了,痛得快要裂开了。加上口干舌燥,胃里空空的,喉咙里还残留着酒气,简直要恶心死了。我以最快的速度洗漱完毕,再吞下她们精心准备的药。抬头一看时钟一分不差地指着12点整。都12点了？我怎么会睡这么久？正想着就听见敲门声,一定是卢佳逸来了,我慢悠悠地走过去开门。

“Surprise!!”卢佳逸小声喊,估计是怕被别人听到了。

“是惊不是喜！你怎么进来的？(这幢楼上租住的都是女生,阿姨不会让男生进才对啊!)”

“当然是爬窗啦!”他气定神闲地说。

我关上门,不理他。

“猜猜这是什么?”他献宝似的拿出一个半透明的纸袋,里面还袅袅地冒着热气。

还用猜吗？瞎子也知道是便当了！不过看他兴致勃勃的样子这句话我没好意思说出来。

“是什么啊?”我假装不知道。

“是便当！还是叉烧肉的。”他的样子看起来比我还兴奋。

“真的？太好了,我正饿着呢!”这是句实话,说着就要伸手抢他手里的便当。

“你是第一个我亲自给送便当的人,应该自豪啊!”卢佳逸很孩子气地把便当举高逗我。

“是~~~~,我很自豪!”趁他不注意我一把夺过来,打开就吃。

“子菲~,你开始在意我的感受了!”卢佳逸看着我柔声说。

“你少自恋,给点阳光就灿烂!”我嘴上反驳,其实听了他的话心里有点慌,难道我真的在意吗?

“是吗?”这是个语气词,显然不需要回答。我开始怀疑卢佳逸是个双重性格的家伙,他的眼睛时而稚气时而温情,也许他才是世上最难了解的人。

“趁热吃吧！还有汤。我以前醉酒就是吃这些,一下就精神百倍了……”他像推销员一样唠唠叨叨地跟我讲述这盒饭怎么怎么好。

不知道是不是因为饿了的缘故,这盒饭的确是美味可口。我吃着饭,听着卢佳逸的唠叨,竟然觉得有点幸福。不过我很清楚:他不是我的幸福,至少不是长久的幸福。

“咦？这是什么？”卢佳逸突然从我的床头拿起一个印有鹰的图案的小盒子。他还真是爱鹰成狂！

“没什么，里面装的是日用品！”我一边吃饭一边回答。

“嗯~，这里有梳子~~、镜子~~、发卡~~，还有~……”卢佳逸的声音突然停住。我好奇地看过去，他手里正拿着一片卫生护垫。天啦！怎么会有这种东西??怎么办？怎么办??

“……防腐剂。”卢佳逸想了一会后说。

虾米？防腐剂??哈哈哈哈~。他是真不知道还是在装蒜啊？受不了啦！

“有什么好笑的？”他莫名其妙地望向我。

“没~~没什么~。”我用手捂住嘴强忍着不发出声音，可是颤抖的双肩已经泄露了秘密。

卢佳逸似乎意识到了什么，脸微微有点泛红，不再说话。呵呵~，不可能吧？这家伙还会脸红？

“喂，下午陪我去一个地方！”我想缓和这种尴尬的气氛。

“好。”这个可爱的家伙此时已恢复了常态。

“你不问我去哪吗？”我拿起筷子继续吃饭。

“去哪？”卢佳逸随手按开电视。

“剪头发。”虽然不愿承认，但就如贾晓所说，我的确有这个习惯。

“嗯，是该剪一剪了。”

“你觉得我留长发不好看吗？”我还是有点舍不得。

“好看。”

“那为什么说该剪一剪了？”他说话完全没有逻辑嘛！

“趁它还能剪就剪喽，时间长了会剪不断理还乱。”

我明白了。他根本不是在说头发,他是在说祁恒。难道昨天晚上我真的不小心说了什么?他到底知道多少?还真是个危险的家伙啊!

不管怎么说,这句话成功地把我带回到了昨晚。怎么刚才一点也没想起来?可能是自己潜意识里就很排斥吧!我昨天好像对祁恒做了很出格的事。本来就是借我十个胆我也不敢啊!一定是那几瓶酒干的好事!现在想起来脸还烧得厉害。祁恒一定觉得我很荡了,怎么办?我以后怎么面对他?还是算了,以后也没什么机会再面对他了。就算他小时候喜欢过我那又怎么样?他现在喜欢的是旋惠,我的室友。哼,我再接近他就是王八蛋!

"一个人一生可以喜欢很多人吗?"我郁闷地问卢佳逸。

"一个人一生是可以喜欢很多人,但真正爱的只有一个,而这个人到底是谁,往往要在所有的事发生以后才会知道,所以才有了'擦身而过'这一说。"

"喜欢和爱有什么不同吗?"我疑惑。

卢佳逸想了想,说:"拿花来说吧,爱花的人会给花浇水,而喜欢花的人会去栽花。"

"那你以前为什么要交那么多女朋友?"这个问题似乎跟刚才所说的话题没什么关系,但我想知道。

"不想寂寞。"他淡淡地说。

"因为寂寞而挥霍自己的感情?"我更疑惑了。

"挥霍的不是感情而是时间。寂寞的灵魂需要吸收新鲜的空气,没有爱情反而可以更无顾忌地互相安慰。"他的语气仍然很平淡。

这么说他追我也只是因为寂寞了?想想也是,我又有什么魔力让眼前这个帅得要死的男孩对自己情有独钟呢?充其量也只不过是他的

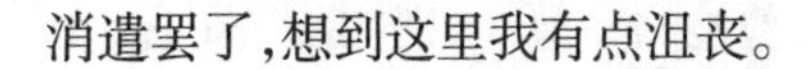

消遣罢了,想到这里我有点沮丧。

“吃完了吧？你不是要剪头发,我们走吧!”卢佳逸不想流露更多的情感,转移话锋。

“嗯~,走吧!”我从来不会勉强别人。

（二十四）

我们开车来到友谊路,在“标榜”门前停住。（据贾晓称这里是本市最好的美发店。）

“欢迎光临！请问两位是剪发还是烫发?”一进门就有一位漂亮的小姐微笑着询问。

“哦,我剪发,他是来陪我的。”

“好的,请这边来!”小姐说完走在了前面。

“请您坐着等一会。哦,您请坐到那边的沙发上休息。”小姐先帮我把椅子拉开又转头对卢佳逸说。

“这里的服务态度真好啊!”小姐走后我回头对卢佳逸说。

“是不错,我以前陪几个女孩来过。”卢佳逸随意地说道。

“哦?”这还是第一次听到他主动提起以前女友(估计是)的事。我心里怎么会有点不舒服呢?

“你好,我是7号理发师阿杰！请问你对头发有什么要求?”不一会就来了个黄头发的师傅。

“哦,我要剪短,剪到这里!”我用手比划着。

“那您要剪什么样式呢?”

“嗯~,就剪成梁咏琪的头型可以吗?”

“嗯,没问题！小姐长这么漂亮,剪她的头型一定不错!”黄毛师傅笑嘻嘻地说。

“哪有啊!”我谦虚地摆摆手。

“其实心里得意得要命吧!”卢佳逸在后面毫不留情地拆穿我。混蛋！在外面也不给我留点面子。只可惜这里是公众场合,不然我一定把你小子剁成1800块!!

大约过了30分钟,我缩水梁咏琪的造型神圣诞生了！果然不错,人底子好剪什么头都好看。呵呵!

“怎么样？满意吗？记得下次来再找我剪哦,7号阿杰。”黄毛师傅开始拉长期生意,怕我不记得还指了指胸前的吊牌。

“没问题,谢谢你啊!”我对这位“创造者”献上一枚甜甜的笑容。

“醒醒,我们走了!”这头死猪居然在沙发上睡着了。

“哦~,剪完了？你~？”卢佳逸后面要说的话在看到我新造型的这一秒卡住了。

“怎么样?”我风情万种地掠了掠头发。

“还行吧。”卢佳逸马上收敛表情,故作镇定地说。

“是吗?”我微笑着调侃地问。

“好了,走吧!”呵呵呵~,这家伙一定是怕自己把持不住说出了真实想法。

“那走吧!”算了,我也不为难你,免得你说了真话我反而不知道该怎么应付。

“陪我去KFC吃点东西吧,快饿死了!”卢佳逸摸了摸自己的肚子说。

“你中午没吃吗?”他给我送便当怎么自己不吃?

"没有,我只吃了早餐。"他打开车门让我上去。

"你给我送午餐,怎么自己没吃?"原来他不止说话就连做事也毫无逻辑。

"你连早饭都没吃,我怎么好意思去吃中饭呢?"他一副理所当然的样子。

我的妈!你也太笨了吧!这有什么关系呢?拜托你别再做这么多让我感动的事了,你越是这样我会越内疚的!

"你怎么了?今天老发呆。你还在想昨天的事吗?"卢佳逸很夸张地把手伸到我眼前晃了晃。

果然,他一定知道些什么!现在只能企求他知道得尽量少。

"你知道些什么吗?"我小心地问。

"没你想的那么多,不用紧张!"卢佳逸边说边发动引擎。

"那你知道些什么呀?"我最恨别人卖关子了。

"我找到你的时候,你已经醉得跟摊烂泥似的,我就送你回公寓了。"这是打的什么比喻啊?

"就这样?"我怀疑地问。

"嗯。"他答。

"还有吧!?"我不信。

"你到底想让我说什么?在回去的路上你一直在叫祁恒的名字吗?"他的语气突然变得十分冷酷。

他好像生气了。我没敢再说话,卢佳逸也保持着沉默。我不知道他在想什么,也不想知道。扭头看着窗外呼啸而过的梧桐,我想我已经习惯卢佳逸开车的速度了吧。

是啊!即使祁恒这么对我,我还是想他!突然很恨自己,就像只没骨气的猪。在爱情面前我是个懦夫,明知无法改变什么,却仍然不肯收手,明知他是自己姐妹的男朋友,却还要做固守码头的愚人。以前每当看到肥皂剧里女孩为男孩做傻事的时候,总是讥笑她们愚蠢。可现在发现,原来我才是世界上最值得嘲笑的傻瓜!

"下车吧。"卢佳逸打断我的思绪。

我没说什么,很顺从地下了车,跟着他进了 KFC。

"你还是喝热的吧,会舒服些。"卢佳逸说。

"嗯,我先过去坐着了。"觉得自己好像欠了他很多似的——他对我这么好,而我心里却只有另一个人。

等卢佳逸过来后,我对他说:"你应该喜欢上一个穷苦人家的孩子,而不是我。"

相信每个女孩都曾幻想自己坐在南瓜马车上,在通往宫殿的路上与王子踏着月光跳舞。午夜的钟声会响,但辛德瑞拉的梦不会醒,当骑着白马的王子带着玻璃鞋微笑着亲吻她的裙摆,她知道自己是世上最幸福最幸福的女人!可惜我不是她,生下来就不是,所以如果我得到那种幸福是连上天都会妒恨的吧?

"为什么?"他把一杯美禄递给我。

"因为那样你们就可以很幸福地在一起!"我认真地说。

"并不是每一个灰姑娘的故事都是幸福的。"卢佳逸喝了口自己的美禄。

"至少有希望!而我从生下来就注定不是辛德瑞拉。"我坚定地说。

"所以你想说你不会是我的灰姑娘,劝我早点放弃?"卢佳逸不以为然地笑笑。

“是!”我很肯定。

“可这个我早就知道了啊,笨蛋!”卢佳逸突起右手中指的关节轻轻敲了一下我的头。

“你这样我会很为难的!”咦?这句台词好像在哪听过!(是祁恒说过吗?)

“你少臭美!哪一天我想放弃了,不用你说我也会自动消失的,在这以前你还是尽力珍惜吧,否则你后悔也来不及!”卢佳逸故意做出教训人的样子。

这个笨蛋,我好好跟你说,你还要损我一顿,真不知好歹!我现在已经能确定这家伙是典型的双重人格了:有时候成熟得让你刮目相看,有时候又幼稚得让你目瞪口呆!

“你看到那个小孩穿的鞋了吗,我也想要一双!”卢佳逸指着窗外的一角说。

我顺着望过去,一个8岁左右的小男孩穿着一双很炫的旱冰鞋在路上溜来溜去。

“也不是什么人穿都好看的!”言下之意就是指他穿就不好看。

“我穿不好看吗?”他转过头很认真地问。

“当然了!”我也一本正经地回答。呵呵,总算出了口恶气!

“为什么?”还敢问?那就别怪我不给你留面子了!

“这个嘛,小孩子穿着在街上跑那叫活泼可爱,让人联想到他有一双时尚前卫的父母。为了工作而穿梭于超市或快餐店中的员工穿上那叫带给都市现代气息。绑着护腕背着挎包的帅哥溜旱冰那叫有型。至于长相谦虚的同胞在路上滚来滚去那就叫摆谱、叫影响市容、叫丑人多作怪了!”我振振有词地一口气说完这么一大段话后很识时务地低下头继续喝美禄。

卢佳逸两手握紧拳头,拉长了脸恶狠狠地威胁我:“你说什么? 再说一次试试?”

哦雷哦雷哦雷~ ……有只猩猩要发威啦。好怕怕啊!!

“呵呵,我这不是解释给你听嘛。别动气伤肝的!”我很没种地殷勤假笑。唉,人在拳头下,不得不低头啊!

“知道错了? 那准备怎么道歉啊?”这个混蛋又想占我什么便宜? 笑得这么阴险!

“那你想怎么样啊?”真后悔为逞口舌之快被这小子钻了空子。

“陪我去滚轴!”卢佳逸的语气很明显地不容商量。

“啊? 我~ 我滚轴骨折过的啊!”虽然是想找个借口,但这也是事实,自那以后我就得了溜冰恐惧症。

“不管,现在就去!”卢佳逸不由分说地拉着我往外走。

“我真的是……”

“上车!”这个麻木不仁的伪君子一把推我进去。

“我们还是去别的地方吧!”我抱着最后一线希望不放。

“我可是第一次主动要带女孩子去滚轴,你应该自豪。还敢推三推四的!”他的口头禅又来了。

去死吧! 你哪来这么多第一次?! 我奉劝你最好求神拜佛别落在姑奶奶手里,否则一定让你死无全尸!

黄色奔驰弹弹屁股上的黑烟,优雅地往民主路开去,那里有本市最大也是最可恶的滚轴溜冰场“维多利亚”。

等我们到达“维多利亚”的时候已是华灯初上。因为不是周末,场

子里只有小猫三两只，就连做舞台表演的人也靠在旁边休息。这样反而好，我的技术本来就不够精湛，加上心理上的恐惧，人一多肯定会慌神的。

刚存好鞋我就被旁边的畜生拉了进去。

还真看不出，卢佳逸滚轴溜得这么好，比我走路还灵活。他过来要拉我一起溜，我连忙摇头。

“你开车我是见识了，但再怎么说外面有层壳挡着啊！这溜冰还不要了我的命啊！”

“胆小鬼！那你就一边呆着吧！”他轻蔑地说完就一溜烟不见了。

我找了个很安全的角落坐着休息，有时候起来在附近滑两下，总归是不敢离开栏杆。

过了一会，我觉得口渴，于是起身摸到吧台买了杯木瓜奶喝。突然看见卢佳逸从我身边晃了过去，正准备喊住他，余光瞟到他旁边有个高挑的女孩子，于是就没出声。我可不想坏人好事。

我仔细观察了一下那个女孩，长得还算漂亮，就是穿得太凉快了点。Playboy 真是名不虚传啊，这么快就能钓上一个！女孩在他耳边说着什么。用得着这样吗？干脆把嘴贴到耳朵上去得了。还好，美女在侧他也不为之所动。对，有出息！别见了美女就找不着北。卢佳逸好像在找我，很焦急地到处溜，连美女也甩在了老后边。

“笨蛋，你在这干吗啊？我找你半天了！”卢佳逸虽然生气，可眼神里却全是担忧。

“你说谁笨蛋啊？全宇宙有人比你笨吗？”我愤愤地说。

“好了~，你聪明可以了吧！来，我带你滑。”估计卢佳逸是把刚才的美女忘光光了。

“你应该说‘好了~,我够笨可以吧!’”我边说边握住他伸过来的手,目光延伸到他身后的女孩。估计她是觉得我比她要漂亮,悻悻地走开了。

卢佳逸带我溜得很慢,一只手自始至终都旋在我的背后,不放下来也不拿开。一个多小时以后,我终于战胜心魔,完全放开了溜。原来我的技术也不赖嘛!大约又过了两个小时,我已是筋疲力尽,被卢佳逸像拖死狗那样拖了出去。

“到了再叫我,累死了!”我瘫在车子的后座,准备舒舒服服地睡一觉。

“知道了,你睡吧。”卢佳逸此时也已是汗津津的了。

一路上卢佳逸很仁慈地把车开得四平八稳,让我睡了很香的一觉。到了公寓楼下他费了九牛二虎之力才把我给叫醒了。我昏昏沉沉地就上了楼,连再见都忘了说一声。

“怎么才回啊,大小姐!”贾晓用她90分贝的嗓子大声嚷嚷。

“小点声,你不睡别人还要睡啊!”我懒得回答她的问题,一进房就倒在了床上。

“头发怎么又剪短了?”贾晓惊讶地问。

“太长了不好打理!”当然这句话是说给旋惠听的,顺便也提醒一下贾晓别说错了话。

“没想到你短发也这么好看。”旋惠微笑着说。

“卢佳逸送你回的?”贾晓问。

“一直跟他在一起吗?”旋惠怎么也跟着瞎搀和。

“是啊是啊!我真的要睡了!”我抱着枕头伸展成最舒服的姿势。

“卢佳逸对你真好啊！我还是第一次看见他这么迁就一个人,真的。”旋惠在一旁感叹。

“就是！你应该考虑考虑他吧！”贾晓也在旁边帮腔。

“人家石斑鱼就不好吗?”我一句话顶得贾晓哑口无言,她总算是闭了嘴。

“对了,子菲,你昨天怎么喝得那么醉啊！吓死我了,你都快把肠子吐出来了！”旋惠把话锋转到了我最不愿提到的事情上。

“我也不知道怎么的,喝了一瓶‘酒推’介绍的啤酒就上瘾了！”我笑着搪塞。

“是啊！再有‘酒推’要你喝可千万别喝！她们都是骗人的！”贾晓捏我一把,认真地说。真不愧是好朋友,没有因为刚才一点小小的不快就不管我了。

“昨天我看到你的时候,卢佳逸正抱着你往外走。我本来想上前问问的,可是祁恒拦住我说‘随他去吧’,我也就没再多问了。”旋惠有些抱歉地解释说。

旋惠,没关系,对不起你的人是我！我以后不会再为祁恒掉一滴眼泪了。为了一个不喜欢自己的人作践自己是最愚蠢的行为!! 我默默地想。这些话我不能说出来,只有假装睡着了。

(二十五)

第二天我早早地就起了床。站在窗口吹风的时候,我觉得自己的短发特别清爽,有一种重生的感觉。

我轻手轻脚地洗漱完后就独自出了门,还史无前例地参加了学校的晨跑。

“于子菲!”一个男生叫我。

“嗨！你们也来晨跑啊!”原来是OMI和石斑鱼。

“你怎么剪头发了？差点认不出来了!”OMI很夸张地睁大了眼睛。

“你前天没事吧?”又是前天！什么时候才能不提啊!

“哦,没事！呵呵~,就是玩得太疯,喝多了点!”我干笑两声说。

“那个~,贾晓怎么没跟你在一起啊?”石斑鱼要么不开口,一开口就直入主题。

“她没这么勤快,还睡着呢?”要是被贾晓听到一定会说我才起了一天早就会批评别人啦。

“哎呀！早跟你说了,直接约她嘛！像你这么慢火煎,煎到明年也没的吃!”OMI又开始以他过来人的语气教训石斑鱼。

“咳咳~。”他怕是忘了我还在旁边吧,说这种话！哼,下流!

“哦哦~,那贾晓MM有没有BF呢?”OMI又开始装可爱,就差拉着我的胳膊摇了。

“这个嘛,无可奉告！不过我可以透露点独家新闻给你们!”本来我是想说“有”的,又怕贾晓知道了会拿着菜刀追杀我,于是没敢说。

“是什么?”可怜的石斑鱼眼里闪过一丝希望之光。

“她超喜欢周杰伦的!”

“你是说~要我买周杰伦的CD送给她?”石斑鱼一脸疑惑。

“真笨！她的意思是让你去买两根甘蔗回家练练双截棍!”OMI又开始自作聪明了。

“你们自己想吧！我要上去了!”说完我就赶快闪了。

我带早餐(那次的承诺还在履行中)回到宿舍的时候贾晓和旋惠都已经醒了。我们随便吃了点就赶到教学楼上课。

“学校从这个星期开始开设社团活动！大家把自己要参加的社团填在表格里交上来!”一上课张老师就在讲台上郑重声明。

“你选什么?”我问贾晓。

“当然是美术!”她毫不犹豫地回答。

“早知道你重色轻友了！算了,我一个人选图书吧。”我无奈地撇撇嘴。

“你不是说想学篮球的吗?”贾晓侧头问。

“哦,现在又不想了。”开什么玩笑,祁恒一定会选篮球社的。我如果去不是自找没趣吗？眼不见为净。

“喂！你选什么?”贾晓小声问,轻轻推推旋惠的背。

“音乐社!”

咦？猜错了,我还以为她会选篮球社去陪祁恒呢,奇怪。

有社团活动的日子显得轻松很多,我每天下午躲在见不到阳光的图书馆里看些名著倒也自在。卢佳逸的香水百合加起来应该有座小山高了吧？公寓的阿姨也闻腻了,现在倒贴十块钱她们都不要。石斑鱼没有吸取我的意见从周杰伦下手,而是每天三餐都排长队帮贾晓打热饭热菜,看他那个干劲就是世界末日也雷打不动。而我们这些苦难的人们就只有自己动手、丰衣足食了。

祁恒的影子还是有时会有意无意地出来骚扰我一下,但我已不像以前那样反应强烈了,毕竟他伤我伤得很深。

平静的日子一天天流逝着。

一个社团活动日的下午，我走在去图书馆的路上。突然，我看见了OMI和左昕！虽然早有耳闻，但真正看见他们两个在一起这还是头一次。而且他们好像相处得不太融洽。OMI在一个劲地说些什么，样子很生气。左昕还是那副架势，低着头一言不发。这个OMI就爱欺负人，不管基于什么理由他都没有资格说左昕！自己总是左拥右抱的还敢这么趾高气扬？我还真是佩服啊！！

"于子菲！"一个甜美的女声在脑后响起。

"哦，黄然（图书社的社友）啊！"

"你看什么呢？"她也往刚才我看的地方望去。

"啊，那个~……"我本来想解释一番的，可是再回头他们已经不见了！怎么这么快，难道会段誉那招"凌波微步"吗？

"什么也没有啊！"黄然奇怪地看看我。

"是没什么。刚才有只鸟在那。"我一说完就后悔了，鸟哪能在地上走啊！

"鸟？？"黄然怀疑地睁圆了眼睛。

"可能是看错了吧！我的眼睛不好，你知道吗？"我打马虎眼。

"嗯，我们上去吧！"看来黄然懒得在这种无聊的问题上争论。

刚走进图书馆，我一眼就看见祁恒背对着我趴在第二张桌子那里！他怎么会在这？？糟了，我还是趁他没发现以前走人吧。

"你去哪？"我一时忘了还有黄然的存在。

"哦！不去哪，我今天想看看这一区的书。"我把声音压得很低，怕被祁恒听到。

"这里全是工具书，你看什么啊！"黄然皱着眉说。

“就是工具书才要看嘛！我想翻翻这本青岛版的《学生实用成语词霸》,我的词汇量实在是太少了!”我说着指了指书架。

“你今天好奇怪啊！那你自己看吧,我过去了。”黄然说完松开我的手独自走到里面去了。

在这一区逛了半天,终于被我发现某位同学遗漏在书架上的一本《中国历史》。拿了书正要离开的时候听到了这样的对话：

女生甲:喂,你看见了吗？那个就是祁恒!

女生乙:那个学生会主席？(祁恒是学生会主席吗?)

女生甲:是啊！很帅吧!

女生乙:呵呵~,有本事过去搭讪啊!

女生甲:我可不敢！上次王雯过去之后回来就哭了,问她怎么了也不说!

女生乙:他对她怎么了？不会是打她吧,呵呵!（说不定是用对我于子菲这招!）

女生甲:谁知道啊！反正他是名草有主啦!

女生乙:呵呵,那就是情比金坚啦!

（二十六）

我拿着那本《中国历史》坐到最角落的位置,走马观灯似的翻看。整本书的语言都硬邦邦的,在大片大片的铅字里,找不到半个温柔的字眼。在我看到“中国八年抗战”的时候,我对面座位的椅子被拉开了,然后就有人坐了下来。我没有抬头看,因为我知道是谁。

“你是图书社的？剪了短发很漂亮。”耳边传来那个让我魂牵梦绕的声音。

“……”你想就这样讲和吗？窗都没有！

“那天对不起，我喝多了。”他说。

你错了吗？你没有错，说对不起的人该是我才对，谁叫我自作多情呢！

“真的很抱歉……”

呵，捍卫自己忠贞的爱情需要道歉吗？那我这个妄想窃取别人幸福的小偷不是更该道歉?!

“你还记得我们打的那个赌吗?”他没有再继续道歉而是引入了新的话题——敏感的话题。

我心头一怵，但还是冷冷地开口：“不记得。”

我当然记得！五年前我曾经和祁恒打过一个赌，我对这个当时已三年没有下过雪的城市做了大胆的预言，说放寒假那天会下一场很大的雪。祁恒不信，但我却有一种不可理喻的坚持。雪真的下了，却是在我预料的前一天，大朵大朵的雪花在寂静的空中缤纷，无声且激烈。第二天，却是一派晴朗。我输了赌注，一张单曲 CD。我不知道祁恒为什么要这个，但他始终并没有拿走它。当我知道祁恒要转学时，并没有真的难过。因为我知道祁恒离我很近，他家就在隔着 7 根电线杆的地方，他会一直在那里。可是我错了。当我拿着 CD 站在第 28 根电线杆的位置，惊讶地看到眼前的“街道办事处”的牌子，我知道祁恒走了，不会再回来了……

“我拿到了那 CD。”祁恒用邪气的眼神看着我。

“不可能！”我很激动。

“现在还留着。很久了，没有听也没有扔。那段记忆不是不堪，而

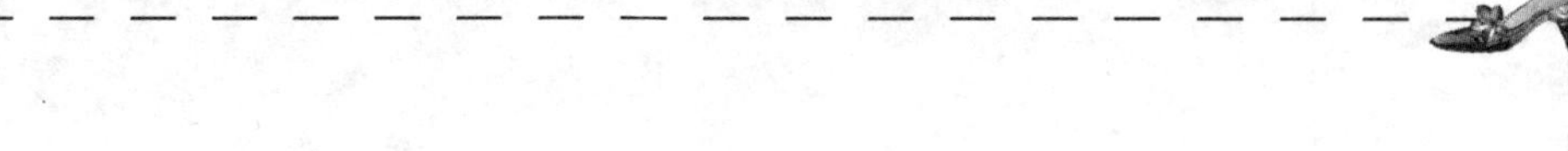

是,太遥远了。"

是啊！的确很遥远,恍如隔世！现在一切都不一样了,只有我这个傻瓜还以为什么都没变。

"你怎么知道我把它放在那里?"我那天把那张 CD 埋在了学校里的一棵树下面。

"因为那是我们打赌的地方。"

对啊！我早该猜到的,祁恒这么聪明怎么会不知道呢? 赌注当然是输在赌桌上。其实我明白祁恒的意思,如果再说下去,他又要搬出那句"忘了好吗"来开解我了。我又何苦搞得大家连朋友也没得做呢,所以我很大度也很有自知之明地转移了话题。

"你在写什么?"我瞥到他手里的笔记本。

"在想一个广告词的创意。"他转动了一下手里的圆珠笔,看来他还保留着小时候的习惯。

"广告词创意?"

"我在一个广告公司做兼职。"祁恒解释。

"你又搞乐队又兼职的忙得过来吗?"天！我到底要到什么时候才能不关心他啊!

"想在这种'闭门家中坐,账单天上来'的城市生存,不兼职不行。"祁恒苦笑说。

我记得祁恒家里的环境好像不是很好,至于他家里具体是干什么的我也不太清楚。旋惠一定知道吧。我对祁恒的了解恐怕连她的十分之一都不及。

"给我看看。"我指着祁恒手里的笔记本说。

他递过来。

熟悉的字体扑面而来：

1. 与你携手幸福圆舞曲——微微婚纱

2. 执子之手，与子偕老——微微婚纱

“暂时没想到什么特别的，就先写了两个。”祁恒心不在焉地说。

我想了一会，看向他，缓缓地说：“一辈子做你的女孩！”把笔记本合上递还过去，“微微婚纱！”

祁恒似笑非笑地看着我说：“好啊！真是灵光一现啊！”他接过笔记本，道：“创意不错，就用这个报给他们。一准能被选用！”

（二十七）

贾晓在宿舍里恬不知耻地吃起了长期饭票，弄得我和旋惠羡慕得一塌糊涂。唉，这年头如此痴情小生已经差不多快绝迹了！这只新中国仅存的恐龙怎么就被贾晓碰到了呢？

就在我绞尽脑汁左思右想也没弄明白的时候，手机也跑来凑热闹，响个不停。

“谁啊？”我不悦地问。

“子菲啊！你快下来，我马上就到了！”电话彼端传来于帆的声音。

“哥？有什么事吗？”我被他弄得一头雾水。

“你先下来，到车上再告诉你。快点！”说完就挂断了。

“怎么了？”贾晓停下吃饭的爪子看着我。

“我也不知道，哥叫我下去等他。”

“那你快下去看看吧！”旋惠建议。

“是啊！于帆一定是有什么事，你又不是不知道你哥。快去吧！”

贾晓补充道。

其实我怎么会不知道哥是有事，只是心里莫名地有点害怕。不会是出事了吧？想到这里我穿上鞋连头发也没梳就跑了下去。

我刚走出楼道，就看见白色宝马急急地开了过来。

“哥，到底发生了什么事？”我心急地问。

“你头发剪了？”这个于帆，不知道我担心吗？还说什么头发。

“是啊！到底怎么了？”

“傻丫头，没事！快上车，我今天找你是请你帮个忙。”哥笑着说。

“什么忙啊！”我心里的石头算是搁下了。

“还问！没时间了，快上车！”哥催促着说。

“哦，好！”我连忙跨进车子。

“今天我要去参加一个竞标晚会，争一个代理权。你陪我去。”哥简单解释着，把车倒了出去。

“哦，怎么不叫安婷去？”我问。

“她出差去上海了。”哥把车开得飞快，好像真的很赶。但车速和卢佳逸的比起来还是小巫见大巫，看来我的心理承受能力在认识卢佳逸以后得到了明显地增强。

“可我现在这样怎么去？”我低头看了看自己问。

“所以我帮你准备好了，待会把车后座的衣服换上。”哥说着用下巴指了指。

“这个啊！”我半站起身把一个很漂亮的大盒子拿了过来。

“哇！太那个了点吧！”虽然我是城市新青年，但还是有一点点保守。宝姿的黑色雪纺一字薄连身裙，对我来说实在是牵强了点。

“快下车！”当我还在考虑要不要穿这条裙子的时候哥已经把车开

到了“雅斯丽美容院”。

“干吗?”我下得车来,抱着大盒子站着不动。

“进去做个美容再化个妆,今天的晚会很重要,你不是想这样就去吧!”哥边说边把我往里推。

“我去给你买鞋子,马上回来。”他说完就心急火燎地跑了出去。

然后就有几个美容师把我按在了手术台——哦,不是——美容床上!把一瓶瓶糨糊似的美容膏往我脸上抹了一层又一层,还用一根估计是根据吸尘器原理制造的塑胶管在我仅有几颗黑头的鼻子上吸来吸去。折腾一番后,化妆师根据雪纺裙的特点给我化了宴会妆。

等我换好裙子和哥刚买回来的银色高跟鞋站在镜子前时,差点自己都不认识自己了。

哈哈哈哈~,原来我于子菲也是个婀娜多姿、美艳绝伦的性感女神!我抱着镜子看了又看,简直和刚才的我判若两人嘛!看来果真是三分人才七分打扮啊!

“快走,别照了!”于帆拉着我风风火火地上了车。

在车上他一直从后视镜里看我。这家伙!什么时候变得色迷迷的了?

“自己的妹妹有什么好看的吗?”我生气地说。真是破坏他多年来在我心目中的形象。

“呵呵,你在说什么胡话啊!我是在想你的脖子应该有点装饰才对!”哥被我的话弄得又好气又好笑,一个急转弯把车开到了“金世界”的门口。

“得进去买条项链才行!你在车上等我。”哥急忙下车跑了进去。

不一会就又跑了出来,动作可真快。他递给我一个精美包装的小

礼盒，打开来是一条 Piaget 的钻石项链，款式很漂亮，很适合黑色雪纺裙。

“我敢说你会是今天到场的所有的女士中最耀眼的！”哥看到我戴上项链后夸奖地说。一听就知道是假话了——他又没有看见别人当然说我最耀眼了！

竞标晚会在“中亚大酒店”的大宴会厅举行。我们赶到的时候晚会才刚刚开始。

走进大厅的时候我有点腿软，当然不是因为没有见过大场面或是害怕人多，而是我穿高跟鞋的次数十个指头都数得清，怕扭到脚所以不敢走快，走起路来的姿势特别别扭。

觥筹交错间我也表现得很不自然。讨厌的于帆，明知道我不喜欢这种场合还硬要我来，你找个公司的职员就好了嘛！

该打招呼的人都已经问候完了，于帆便去和一个集团董事谈事。趁大家不注意，我悄悄地退到角落里的小桌旁休息。晚会供应的饮料只有红酒和咖啡，天知道我现在多想要一杯木瓜奶。我拿了一杯咖啡走到桌前坐下。啜一口，哇，苦得我舌头都要掉了！加一包糖，想了想再加一包，端起杯子正要喝时余光瞥到有个男士在向我这边走来。我把脸转向窗外，啜一口咖啡，不想理会他，谁知那人很不识趣地在我身边坐了下来。我极不情愿地回过头，正要问好，一张“奥特曼”的面具映入眼帘。

What？搞什么鬼！又不是化装舞会！这个笨蛋脑子短路啊？旁边有几位女士轻声笑了两下。真是丢脸，干吗偏偏坐我这呢？这时我才看到他面前也有杯咖啡，他是想要糖包吗？

“先生，你好！你是要糖包吗？呵呵，真不巧！我全都用完了。不过后面的桌子还有,不如你~……” 我说着用食指轻指了指后面的桌子,意思很明显。

“笨蛋! 这是意大利 Espresso,你放那么多糖干什么!”一个熟悉的声音钻进耳朵里。

“卢佳逸!” 我小声惊呼。

“答对!”卢佳逸说着摘下了“奥特曼”的面具。

“你 BT 啊! 戴面具?” 我没好气道。

卢佳逸没有搭理我,而是用眼睛把我从上到下看了一遍。他盯得我心里直打鼓。

“下流东西,你看什么看!”我凶巴巴地吼道。

“刚才我差点认不出来了,原来美女真是靠包装啊。”卢佳逸看完后总结道。

他这是什么意思? 就是说我不打扮就不是美女啦? 这个混蛋!

“美分两种,自然美和人造美。本小姐不化妆是自然美,化了妆是人造美! 你懂不懂?”

“不用担心,就是你不美我也不会变心的!”卢佳逸笑着说。

他误会了我的意思,真是个白痴。

“我盼着你变心啊!”我加重语气说。

“我偏不!”卢佳逸又开始孩子气。他今天的穿着和那次跟父母吃饭时的差不多,还特意戴上了他的平光镜,装得挺像个文化青年的。

“你怎么在这?”我刚才被他搞得晕菜,忘了问。

“你来干吗我就来干吗啊!”

“竞标? 你什么时候管起公司的事来啦?”我有点诧异。

“爸说想让我接手公司,所以就要我参加了。”卢佳逸回答得很平

淡。我差点忘了他有个快永别人世的后爸。看来这后爸对他还算是仁尽义至啊！

“你这个爸爸对你不错嘛！”

“是啊，和他比起来我就很没心没肺吧！”卢佳逸自嘲地说。

“我不是这个意思，只是我觉得他能把公司留给你，就说明他还是爱你的吧！”

“谁告诉你他把公司留给我？”他看着我反问道。

“不是吗？那他怎么要你接手呢？”不是你刚才自己说的嘛？

“他要我接手把公司捐给慈善机构，公司也就是今天你们要竞的标。”

“今天不是争什么代理权吗？”我微张着嘴惊讶地问。

“是啊，代理宣传我爸有多伟大，再借此建立一个慈善基金。”卢佳逸啜口咖啡，说。

“这么说你爸什么也没留给你们母子？”我用手摩挲着白瓷杯子，不由想起了我爸，突然有点沮丧。

“他是带着这一切来的，所以也要带着一切离开。”

我很奇怪为什么卢佳逸说这些时丝毫没有埋怨或气愤的表示。

“他没有别的亲人吗？”

“没有，我和妈是他没有血缘的唯一亲人。”

“他太自私了！”我都为卢佳逸和伯母感到生气。

“他只是不希望妈带着他的财产嫁给别人，他认为那很讽刺。”

“你都不生气的吗？还来为他参加晚会！”我甚至觉得卢佳逸太没骨气了，怎么可以这样逆来顺受呢？

“我一向没什么感觉，一直很顺从。”

“怎么会没感觉？你是白痴吗？”我实在受不了他了，终于骂了出来。

“对我在乎的人，我才会生气。”卢佳逸凝视着我说。

是啊。想当初我会感到难过也是因为我在乎爸爸吧！

“对不起，刚才不该骂你。”我不好意思地道歉。

“你是第一次骂我吗？有诚意的话，把以前的也补上来。”他有没有搞错？

“你少得步进尺啦！”我嗔怒地说。

“什么？你刚才说什么？得什么进尺啊？我的天，你真的是高中生吗？得步进尺?!”卢佳逸故意大声重复。

“笑什么笑！人有皮树有脸！哦，不，人有脸树有皮，你给我识相点！”怎么回事！几个词都记不清，妈妈蜜呀，我怎么变得笨嘴拙舌的啊。看来真得好好学习“成语词霸”了。

“哈哈哈~……”卢佳逸很放肆地大笑，引得众人频频侧目。

“喂！你鬼笑什么？够了吧！”我生气地用胳膊肘推推他。

“咳咳~，好了，不笑了。这里好无聊，我们走吧！”卢佳逸总算说了句人话。我都快憋疯了！

“你不在可以吗？”我假装客套问一句。

“估计不可以，还是不要走好了。”他马上严肃地说。

“卢佳逸!!!”我快气炸了！他到底想怎么样啊？

“呵呵呵，这么容易就生气了，小美人？没关系的，公司有很多人在这里，趁无人注意我们赶快溜吧！”卢佳逸说完拉着我的手就跑了出去。

（二十八）

“慢点慢点，我的脚！不能跑的！”在楼梯上我扯住他的胳膊说。

“那来吧！”他一把抱起了我，把旁边经过的服务员吓得差点连盘子都掉了。这是他第二次抱我了，公众场合我不好挣扎，只得把头埋得很低以免被别人认了出来。我的耳朵紧贴着他的胸口，能够清楚地听到他有力的心跳，只感到脸颊灼灼地热。

“哎呀，累死了！你是不是应该考虑减肥了？”卢佳逸把我放到车上后很夸张地抹了把汗。

“关你~ 什么事！谁让你抱我的？”我本来是准备说“关你 P 事”的，想起他说女孩子讲粗话很难听临时改了口。

“不然你要慢慢走下来吗？那样的话一定会被熟人看见的！”卢佳逸找到一个堂而皇之的理由，说得理直气壮的。

“好了，先开车吧！”我不想在这种问题上和他争论不休。

“嗯~，坐好了！”又来了，这是他开快车的前兆。

果然不出所料，卢佳逸又开始挑战极速！黄色奔驰势不可当地冲上二环桥，简直是在以光速前进！

在开到建民广场的时候他突然紧急刹车。

“你等我一下！”卢佳逸甩上车门就跑了出去。

大约 10 分钟以后，他一手抱着 KFC 的全家桶一手提着个紫色的塑料袋回来了。

“这是什么？”我接过全家桶，指着塑料袋问。

“球鞋，你不是不喜欢穿高跟鞋吗？快换上吧！”卢佳逸这次居然没卖关子,真是奇迹!

“我们还要去什么地方吗?”我奇怪地问。

“是,到了就知道了!”卢佳逸神秘地朝我笑笑。

“好吧,随便,反正还早!”我伸手准备拿块原味鸡来吃。

“干吗?想偷吃吗?到了那里才能吃!”这个混蛋竟小气兮兮地把全家桶夺过去,放在了我够不到的地方。

“哼!谁稀罕啊!”我赌气地转过脸看窗外。此时街面上已是霓虹闪烁,都市里那些不安分的灵魂都开始蠢蠢欲动了。

当车经过“天天”D厅的时候,我想起了祁恒。也许我这辈子也忘不了他!从华锦小学毕业,我以为那个空间从此不再立体,只要把它叠起来压在记忆箱子的最底层就不会再记起。可是我太天真了,原来那个空间就如一个帐篷,随时可以膨胀还原。它一直随着我的身体生长,硬生生地生在肉里,等待着我不经意地触碰,然后以惊人的姿态展现在我面前。我根本停止不了对他的爱恋,这是我从11岁起就无法改变的命运。

萧伯纳说:这个世界上大约有两百人最适合你,但你只能爱上最先遇到的那一个。

“到了,下车吧!”卢佳逸把我带到了江滩。我们的周围零星地坐着几对情侣。

“干吗把我带到这种地方来啊?”周遭的气氛被营造得这么暧昧,太诡异了!

“你怕什么?我没那么低级!”卢佳逸很正人君子地说。

“算了,来都来了,把全家桶给我!”我都快饿死了,今天陪哥跑了一下午连饭都没吃上。

“你先吃,我去去就来! 对了,把鞋换上吧!”他把全家桶递给我,然后自己走开了。

我打开包装袋,是一双米黄色的轻便球鞋,两只上面都画有小鹰的图案,它们的动作却不一样,非常可爱! 这家伙很会买东西嘛! 我脱下高跟鞋放到袋子里,再穿上球鞋,整个人顿时轻松多了。嗯,藤堂静说得对:每个人都该有双好鞋!

“给!”卢佳逸买来了两罐热的木瓜奶,递给我一罐。

“你什么时候也喝这个啦?”我接过来问。

“想试试你喜欢的味道。”卢佳逸过来我旁边坐下。

“怎么样?”我吸一口后扭头问他。

“你不会觉得太甜了吗?”卢佳逸眉头稍皱。

“有吗?”我又吸一口,细细品味。

“你有没有想过自己只是习惯了这种味道,而并非喜欢,就像某些吸烟的人和烟草的关系。”

“也许是吧,我不喜欢尝试新事物。”在这样月白风清的夜晚坐在江边,任凉凉的微风迎面吹来,捧着最爱的木瓜奶实在是太幸福了。

“穿上吧,会感冒的!”卢佳逸把他的外套脱下来披在我的肩上。

“……谢谢!”他的这一动作使我想起祁恒也做过同样的事。

我低下头闻着衣服上卢佳逸的气味。真的不一样,这不是那种能让我沉迷的气味,但它保留着另一个男孩的体温! 我下意识地缩紧身体,突然不想让它太靠近我,我不想祁恒留下的味道会被它掩盖而因此消逝。

“为什么喜欢抽万宝路的香烟? 现在好像已经很少有人买了。”我看到卢佳逸又拿出万宝路的烟盒准备吸烟,终于开口说出了长时间以来的疑问。

"……我亲生爸爸以前就是吸这种烟的。"他说着点燃一支,吸了一口。

"你是因为他才吸的?"我一直以为他对亲生爸爸是没有感觉的。

"我只是想知道吸这种香烟的男人是用什么方式来思考。"卢佳逸的眼神突然暗淡下来,和上次说后爸快要去世时的眼神一模一样。

"那你知道了吗?"我问。卢佳逸真的好可怜,想用这种遥不可及的方法触摸父亲的灵魂。

"如果知道我早就戒了。老实说我不喜欢它的味道,只是已经习惯。"他苦笑。

我看着他,认真地说:"卢佳逸~!我好希望你能快乐!真的快乐,永远都快乐!"

他回望着我,良久才说:"17岁的年纪说永远是一种奢侈。但是为了你,我愿意说一次——我会永远陪在你的身边。"

(二十九)

今天发生了一件大事,我和贾晓跟豆腐脸彻底扛上了。

其实我们也不是喜欢闹事的人,但忍无可忍,也无须再忍!!

因为市里某位领导心血来潮,大老远地跑到我们学校视察,所以学校很难得地给我们发了加餐券,要求我们每个班级都按顺序对号入座。我、贾晓和旋惠以及另一个女生被安排在53号桌。可等我们端着盘子准备过去的时候却看见豆腐脸和左昕以及外班的两个长得像皮蛋似的女生正稳当当地坐在那里吐骨头。本来这也没什么大不了,也许她们

只是弄错了，所以我们也就很大度地坐了另外一桌。不料板凳还没坐稳就被张老师训斥了一番。

“你们怎么回事？我不是说了今天要按我安排的位子坐？快回位！”

“花溪和左昕她们不是先坐在那儿了吗？您怎么不说她们反倒跑来说我们？”贾晓可不是什么省油的灯，从小到大最讨厌被人“欺压”，但是偏偏是她爱上了人民教师！

“你这是跟老师说话的态度吗？啊？”老巫婆气得直瞪眼，指着贾晓的鼻子说。

“好了好了，我们过去就是了！”我冒险挺身做和事佬。

“于子菲！老师在批评学生你没看见吗？你这是什么态度？”老巫婆的怒火开始殃及无辜。

“老师，对不起！是我们的错，贾晓的钱包刚才被人偷了，里面有这一个月的伙食费啊！所以她说话才语气冲了点。您就谅解谅解她好吗？”旋惠说完还冲张老师抱歉地一笑。

“这样啊，那也不能这么跟老师说话啊！你钱包不见了应该告诉我嘛。好了，算了，你们回自己的餐桌去吃饭吧！”张老师的情绪总算是好了些，可能想到领导快来了于是就不了了之了。还是旋惠聪明！

“老巫婆！一定是更年期来了！我就不过去她还能把我吃了吗？”贾晓虽然嘴里这么说但还是听话地往53号桌走去。

“麻烦你们回自己的餐桌吃吧！这是我们的餐桌，张老师不允许我们坐别处。”我带头很礼貌地跟豆腐脸她们一行人说。

“哦！好，对不起啊！我们不知道~……”左昕忙站起来道歉。

“我们都吃一半了，你们就在别的餐桌吃算了吧！”豆腐脸拉左昕坐下,头也不抬地说。她这是什么态度啊?!

“不是跟你说了张老师不同意吗?”贾晓显得很不耐烦。

“那不关我的事!”豆腐脸见贾晓这种态度,语气也强硬起来。

“那就得罪了!”我实在看不下去豆腐脸这种自以为是的态度,把手中的餐盘毫不客气地摔在了她们桌上——不对,应该说是我们桌上!

当然她们的饭是吃不成了。整个食堂刹那安静得真是一根针掉在地上都能听得见。

“你他妈的想怎么样?”豆腐脸猛然起身把筷子重重地摔到地上。

“别这样,花溪！有领导在!”左昕在这种时候还能想到领导,还真是令人 PF。

“你们在干什么!!”左昕的话果然把领导给招来了。

“砰”的一声！豆腐脸把她的餐盘往地上使劲一砸就轰轰烈烈地跨大步走了出去。她走？那谁不敢走的啊？我也接着摆出更气派的姿势大踏步走了出去,当然我的好姐妹们也义不容辞地跟了出来。

回到宿舍我和贾晓就开始大声咒骂。

“TMD,什么玩意啊？她以为她是谁？侠女啊?!”

“就是！看到她那个臭豆腐我就想踩,真是八~婆!”为什么每次我要讲粗话的时候脑子里就会出现卢佳逸的脸？真是奇怪！对了,刚才的事他和祁恒一定都看到了。啊~~~,怎么办？算了,祁恒也不是第一次看见我这样子了。

“你们两个小点声！会被别人听到的。”旋惠担心地望了望门外。

“怕什么！我就是要让她听到！早就看她碍眼！决战臭婆娘,血洗 203(豆腐脸和左昕合租的房间)!” 贾晓很激动地开始掏手机叫人。

“喂,喂！行了你,别把事情搞大！于帆会杀了我的!”我一把夺过

手机,阻止了她的一时冲动。

“不能就这么算了！快拿来!”贾晓气势汹汹地朝我伸手道。

“你们两个别闹了！要真打起来对谁都不利。”旋惠客观地劝说。

“就是,别这么冲动！你真要打？现在打?”我把手机藏到身后问。

“难道还要挑日子啊!”贾晓完全不听劝嘛！跟她比起来我要理智多了。

就在我们正争论不休的时候,宿舍的门被踢了个大开。

“呵,你还自己送上门来啦!!”贾晓指着门口的豆腐脸冷笑道。

“你妈的少在这说风凉话！有种的就来单挑!”豆腐脸毫不示弱,叉着腰横在门口。

我注意了一下她今天的造型,脸色仍是卡白卡白的,深红色的唇膏因为生气变成了紫红色,网眼的裤袜把腿像割猪肉似的分成一块一块的,穿了一件不合体的黑色宽松上衣,怕显不出胸前的活宝而故意把拉链拉得很低。

“什么？单挑？笑S人了！我们没那么闲陪你玩！你要是不爽尽管叫人去!”我忙赶在贾晓回答以前说,否则这个白痴真的会答应的。也不是我对她没信心,主要是我见识了臭豆腐扇耳光的那股狠劲,不想让贾晓冒这个险。

“啧啧啧~,好大的口气啊！叫人是吧？好！咱们走着瞧！我今天就不动你们,让你们知道自己是怎么死!”花溪恶狠狠地说完,又一脚踢在门上,气势汹汹地走了出去。

“那就走着瞧!!”我对着“虎女”的背影大声应到。

“决战臭婆娘,血洗203!!!”贾晓比我还夸张,用恨不得要把整栋楼都震垮的声音高喊。

她喊完还不解气，拉着我就往外冲。旋惠急忙上前来拦住我们：“别这样！你们听我说啊~……”

她话还没讲完左昕跑了进来：“你们听我说，这件事是我们不对，希望你们大人有大量，就算了吧！我保证花溪不会对你们怎么样的，她这人就是嘴巴不饶人。”

“你当然这么说啦！走狗！”贾晓瞅都不瞅左昕一下，她的怒火也开始殃及无辜。

左昕低下头死死地咬着下嘴唇半天不发一语，似乎在隐忍着什么。

“不是我们说你，你干吗非要跟着花溪这种人呢?”我也看不下去了，把早就想说的话吐了出来。她仍是沉默。我突然想到学费交纳单的事，就补充道：“还是你有什么难言之隐?”

“……算我求你们了！不要叫人可以吗？你说得对，我的确有难言之隐。求求你们了!!”左昕低泣着哀求。直觉告诉我再不答应她下一步就要跪在我们面前了。

贾晓的心似乎也软了下来，不再说话。

“如果你能保证花溪不出手的话我们就答应你，但是如果你做不到就别怪我们了!”旋惠很默契地代我和贾晓作了决定。

“谢谢你们！我保证！你们放心，一定不会的!”左昕立刻破涕为笑，感激地点头。

“嗯，你走吧!” 旋惠说着过去送走了左昕。

（三十）

大好的周末，黄然为了能和男朋友双宿双栖，把年仅 9 岁的亲弟弟

黄可甩给了我。天地良心！我只能被迫做一天儿童保姆。

贾晓整天想着那人民教师,当然是不会舍命陪我的。万般无奈之下我只有拖上卢佳逸,他果然很爽快地答应了,估计因为我没告诉他还带着一个小孩,呵呵。

小家伙死活要到公园玩,我只好和卢佳逸约在中山公园的门口。我们刚下车就看到他在靠着车喝水。天气反常地温暖,不会是春天就要来了吧?

我走过去叫他。

“你儿子?”他睁大眼睛问。

“狗嘴里吐不出象牙！这是黄然的弟弟!”估计他不认识我又加上一句:“黄然是我图书社的同学。”

他没搭理我而是弯下腰看着黄可。

“小鬼,有女朋友吗?”他语出惊人。

“暂时还没有。”小家伙答得倒挺正经八百。

“你在说什么啊？把小孩子带坏了有你好看的!”我警告他。

“你看她多凶,以后别找这样的。”卢佳逸看我一眼对黄可说。这个混蛋!

“可是她很漂亮!”黄可说的是实话,呵呵,小孩子就是可爱!

“是啊~~ ,所以我很不幸地被她逮住了!”他沮丧地说。什么？什么“逮住了”!

“喂！你够了吧？我真的要生气了!”我大声吼他,脸却红了。

卢佳逸不说话,看着我坏坏地笑。

不一会小家伙就和卢佳逸混得很熟。卢佳逸这小子果然童心未泯！两个人到处跑,把我甩得远远的。

我闲得无聊，拿出带着的小说准备看。这时，有个外国人走了过来。他竟然开口跟我说话："Excuse me! I'm American，#￥%&⌒∮≌~‖∈……"不用说，我一个字也没听懂，不过看他把一张美元在我面前晃来晃去，应该是要换钱吧？我记得人民币和美元的汇率好像是8比1吧？要张美元也不错！

"那个，I don't know your meaning！I……"真丢脸，他怎么偏偏找我？英语这么烂，糗大了！

"Do you want to exchange the money in your hand？Sorry，we don't have enough. Please to seek another man，OK？￥#%&*@&⊙#≌……"卢佳逸突然冒出来叽里呱啦说了一通。呵，他的英文很拽嘛！真是一点也没看出来。我对他的了解实在是太少了！咦？老外怎么走了？不换了吗？

"他怎么走了？他不是要换钱的吗？"我问。

"那是假钞。"他说。

"你怎么知道？"他这么快就能辨认出是不是假钞？

"你见过没鼻子的华盛顿吗？"他不答反问。

"那张美元上的没鼻子吗？你眼睛真尖啊！"我惊叹。

"是你眼睛太不管事了，以后别被别人卖了还帮着人家数钱！"他挖苦我。

"喂！别给你点颜色你就开染房！"真不知好歹！

"你没吃过猪，也看过猪在地上走吧？"他还说。

"我走了！"不想跟不讲理的人争论不休。

他拉住我，说："我只是想告诉你在外面要当心点，否则很容易被别人骗！"样子很像小学里苦口婆心的班主任。

“要你管!”我虽然嘴硬,但心里却有点高兴。

“小鬼,敢坐过山车吗?你可是男子汉!”卢佳逸又开始不理我,问黄可。

“当然啦!”小家伙扬着下巴,斩钉截铁。

哎~,他们还真是一对活宝!不过,今天的卢佳逸真有点不同。我没想到他会这么喜欢小孩子。这家伙看来很有爱心的嘛!

(三十一)

星期三中午,旋惠兴高采烈地跑来告诉我们今天是祁恒的生日!要我们晚上一起去为他庆祝。

他的生日吗?我居然一点也不知道。从前也没问过,好像他根本没生日一样。这样的我还能说有多喜欢他吗?

虽然知道自己不该对他再存有任何幻想,但我还是想要送他一件特别的礼物。一是出于礼貌,二是希望在彻底结束这段单恋以前留下一点痕迹,至少能让他以后偶尔也会想起我,否则我会觉得自己真的输得很惨。

下午我叫于帆开车载我到“新世界”买礼物。他问我买给谁,我说是一个普通朋友。在四楼我终于看中了一块瑞士 Carven770 手表。纯钢 18K 镀金表壳与表链,11 颗真钻镶于标记上,蓝宝石的水晶玻璃罩,肯定很适合他。

“Perfect!小姐,就这只!”我兴奋地对着服务员嚷道。

“哦,这是一款情侣表!请问你们是要一对吗?”服务员态度恭敬地问,她把我和哥当成情侣了。这也难怪,我和哥长得虽然都出众,但并不太像是兄妹俩。

“情侣表？怎么没有看到女士的？”我低头看向橱柜里，仔细观察。

“不好意思，刚才有位小姐拿出来试戴，我忘了放回原位了！”服务员抱歉地笑笑，伸手从另一截橱柜拿出了女士的那一块。

“哇，好漂亮！”我迫不及待把表往手上套。不知为什么，得知这是一款情侣表后心里多了一丝窃喜。

“要一对吗？是什么异性朋友让你这么破费啊？”于帆故意强调“异性朋友”四个字。

“别开玩笑了，喜欢这个款式罢了！”虽然我说的是实话，但还是有点心虚。

“小姐，我们就买这一对吧！”于帆没再多问，很大方地帮我付了钱。

回到家里，我把女士的那块表收到柜子里，找来淡蓝色的包装纸把男士的那块包得很漂亮，还精心用丝带做了一朵很别致的花顶在上面。临出门的时候看了看，又觉得太做作，于是把那朵花又给拽了下来。

祁恒的生日会在南洋路一带的卡拉 OK 包房里开。我和贾晓到那里的时候已经是 8 点多了。里面的人半数以上都喝得人仰马翻，整个包房被弄得乌烟瘴气。除了 Flying 的成员和旋惠外，其他的人我都不认识。卢佳逸眼角都不瞟我一下，只顾着跟别人掰手腕、喝酒。OMI 果然不负众望地又带了个陌生的女孩来，两人坐在角落里卿卿我我。石斑鱼一见到他的女神就甩了牌班子跑来大献殷勤。祁恒斜靠在沙发上嚼口香糖，似乎无所事事。他今天穿一条随性的烟灰色的休闲裤，着白色套头衫。这里的任何一个人看起来都比他更像寿星。

我比较怕生，所以一直坐在沙发上没怎么动。祁恒也没怎么说话。

就是卢佳逸喝了点酒就像个 BC 一样瞎起哄,硬是要我唱首歌。旁边一群不认识的衣冠禽兽也跟着发酒疯。我推脱不得只好答应显一显自己的鸡喉咙。谁知卢佳逸居然帮我点任贤齐的《一个男人的眼泪》!!他个猪头！居然要我唱这个？这歌的音太低,我怎么唱得好！索性把麦克丢给他,让他帮忙完成了。

唉,人家真不愧是乐队主唱啊！唱得把在场的各位都给感动了。

“不错不错！我徒弟唱得不错吧？他可是我一手带出来的啊!”一个大学男生扯住卢佳逸站起来介绍。

“天上有只牛在飞!”一个不认识的女生唱歌似的说。“知道为什么吗?”她又一本正经地问那个男生。

“因为地上有个人在吹!”另一个女生笑着接过话柄。

“不信啊！不信你问问他,是不是啊?”大学男生一脸不快地转过头看向卢佳逸。

“是~~~ ,干脆师傅你也来表现表现!”卢佳逸狡猾地拍拍他的肩。

“哎呀！还是不用了！俗话说青出于蓝胜于蓝嘛!”大学男生见狐狸尾巴要曝光了,赶紧找机会下台。

“对,长江后浪推前浪,前浪死在沙滩上!”OMI 带来的女孩突然大声笑说。

“说什么？臭丫头!!”大学男生假装生气,作势要打她。

“好了好了！别闹了！祁恒,我们大家一起来拆礼物吧!”旋惠推开一个因为喝多了往她身上撞的男生,转头商量似的问祁恒。

对啊！我的礼物还在包里呢！现在拿出来好吗？这么多人！可是等没人的时候再拿不是更怪？摆明了心里有鬼！

“祁恒,生日快乐!” 贾晓适时地从包里拿出一个粉红色的礼品盒递过去。

“生日快乐!”我见机不可失连忙也顺势递过去。

“……谢谢!”祁恒看到我的礼物时好像有些犹豫,但还是接了。

“喂！我们大家来拆礼物吧!”旋惠倒完饮料回来,又说一遍。

“算了,还是回去再看吧!”祁恒看了她一眼说。

“为什么？这种快乐要和大家一起分享才对嘛!”旋惠很坚持。

“哎呀！你们不拆,我来拆啦！干什么扭扭捏捏的啊!”一个长头发的男生很粗鲁地开始大拆礼物。

“不是吧？这是谁送的？祁恒从来不用古龙水的!”长毛怪神经质地鬼叫。

“我送的。他不能学着用吗?”贾晓很明显不满意长毛怪的态度,挑衅地说。

“啧啧,好凶啊！咦？这是什么?”他好像又发现了什么宝贝。

等等,这不是我送的吗？怎么变成两个了？难道……

“还给我!”旋惠生气地瞪着长毛怪,嘴角却是翘着的。

我的天！不要吓我啊！怎么可能呢？不会这么巧吧？

“怎么是两个?”旋惠一脸疑惑地拿着两个一模一样的盒子说。

“……还有一个是我送的。呵呵,怎么会这么巧啊!”我微笑着强装镇定。虽然希望比较渺茫,但还是祈求里面的东西千万不要一样啊。

“是吗？你也是送的手表?”旋惠很惊讶地问。

“呵呵,是啊！好巧啊！我是看它……”

“是 Carven770 的吗?”旋惠打破沙锅问到底。

“嗯……好像是吧!”怎么会这样？我干脆不要活了！

“可是,那好像是情侣表啊!”旋惠斜着脑袋看我,脸上的疑惑越来

越浓。

“我……是我哥啦！别人送他的礼物，他说不要就丢给我了！我想我要个男士的表也没用，所以今天正好用上啦！你不会怪我小气吧?”我急中生智。虽然这个理由有点牵强，但万幸的是，好像被我蒙混过关了。

“怎么会！呵呵，我们还真是心有灵犀！”听了我的解释旋惠的脸色马上多云转晴，挽着我，一副好姐妹的样子，弄得我一阵心虚。

“那，祁恒啊，你戴谁的呢?”OMI一边问还一边坏坏地笑。过分，这个花心大萝卜是什么意思！存心给我难看吗?

“……当然是戴旋惠的。于子菲，对不起，我只能戴一只表。呵呵~。”祁恒笑着在众目睽睽之下说了他应该说的话，然后把一只手随意地搭在旋惠肩上。

“本来就该这样嘛，这有什么好道歉的。”我的心像被刀绞一样痛，都快喘不过气来，却还得说违心的话。

“亲爱的子菲啊！陪我出去买包烟吧?”这时发酒疯的卢佳逸摇摇晃晃地硬把我拉了出去。我没有挣扎，因为我已不想再待在里面。

走到外面，冷风一吹，卢佳逸算是醒酒了(我怀疑他根本就没醉)。他把车门打开让我进去，我没问什么，很听话地钻了进去，就像钻进了一个救生舱。

“想哭的话，我借肩膀你靠啊！”卢佳逸调侃的声音响在耳畔。

“白痴！谁想哭了？我没有……”眼泪终于在这一刻决堤，像洪水一般滚滚不绝。但我没有靠在卢佳逸的肩膀上，又不是拍电视，没必要那么煽情！我只是捂着脸不想让他看见我的眼泪。

“女人一生中有三个时间最美，一是为自己的理想努力时，二是穿着新娘礼服时，三是为心爱的人哭泣时。至少我看到了其中一个。”卢佳逸淡淡地说。

“你这样取笑我很好玩吗?”我泪眼婆娑地怒视着他。

“如果是我，一定不会让你掉眼泪。”卢佳逸不再看我，低沉地说。

他习惯性地掏出万宝路，点燃，便不再说话，一直垂着眼皮悠悠地吞云吐雾。

（三十二）

大概过了20分钟的样子（期间他一直不发一语，也没趁机碰我——这可是很难得），他突然倾过身子打开我这边的车门，说：“下去吧！我们买烟的时间已经够长了。”当他收回动作的时候衣服上的拉环很不识时务地勾住了我的项链。

“哎呀，缠住了！”我手忙脚乱地想要解开。卢佳逸用手撑住我座位的靠背不动以配合我。他均匀的呼吸就在我的耳边，干扰着我的思绪。真是越急越出鬼，怎么会解不开呢？沉默开始游离在我们周围，都不知道该说什么来填补这种尴尬。我不敢看他，心跳得好快，估计连他都能听得到。可是他却能稳如泰山。

这时卢佳逸忽然按住了我的肩头，鬼使神差地夺走了我的first kiss！

整个脑袋“轰”一下完全空白，我瞪大眼睛僵住，没有丝毫反应，心却已沉到了谷地。梦仿佛在顷刻间支离破碎，祁恒的身影渐渐依稀。这一刻我终于感到一切真的结束了！我的初吻既然注定吻不到最喜欢的人，那么给谁都无所谓了（?）。就让梦碎得这么无声无息，也许这是

文见131页

最好的结局。我从来就不够坚强,但愿我能选择遗忘他,痛过就不留下任何痕迹。

卢佳逸的吻很温柔,好像害怕会伤害到我一般,是一种敬而远之的吻。我甚至能感到他按住我肩膀的手微微颤抖。他紧张吗?嗯?好苦!是因为他经常吸烟的缘故吧。这么涩的味道他为什么还要反复尝试呢?我竟然没有力气推开他,甚至没有勇气试图去推开他。

人总是这样,当你痛苦的时候,一旦从别人那里获得爱抚,你就会加倍地感谢他,也纵容他。我并不例外。

大约3分钟后,卢佳逸终于松开手,视线往后退。他的眼睛黑白分明,不带一丝歉意地对我浅笑。我愣愣地盯着他,半晌后又低下头继续解拉环和项链的结,这次却毫不费力就打开了。

呵!人生就是这样,总不会按你的意愿去发展,在命运面前我们永远是被选择的对象,它从来不会给你留任何余地。“人类一思考,上帝就发笑!”是啊,当命运向你伸出手来的时候,除了接住它,你别无选择!

所以,当卢佳逸提出让我做他女朋友的时候,我想也没想就答应了。

“想知道我送花给你的原因吗?”卢佳逸神秘兮兮地问。

“能有什么原因!你没送过花给别人吗?!”他这么问什么意思?送花除了想讨人欢心还能有什么原因?

“当然没有!没人告诉你吗?除了我妈你是第一个收到我的花的女人啊!应该自豪才对!”卢佳逸像是受了天大的冤枉似的大声嚷嚷。

“是吗?我还真不知道!那你说为什么?”我居然真的觉得有一点自豪了。

“香水百合,是不是很适合有香水情结的女孩呢?”

“香水情结？难道~你是说那天~？”我惊诧地望着他。

“对，本少爷在公汽上！”卢佳逸摆出揭开谜底的架势。

“呵，真没想到我一时的心血来潮把你给招来了！”我自嘲地笑。

“我也没想到你的心血来潮会让我 love at first sight！”

“走开吧你！拽什么英文啊！”虽然没全听懂，但 love 我是听见了，大凡有这个单词的句子离那个什么也不会远吧！

“我说我对你一见钟情啊，笨蛋！”这次连文盲也听懂了，看来不能再假装不知道。

“你本来就不是辛德瑞拉，你只是我爱的女孩。这不是童话。”

“你别这么肉麻好不好！”这应该是我能作出的最好反应，因为我不想陷入那种暧昧的气氛。

“呵呵！喂，我接吻的技巧很好吧？”卢佳逸毫不忌讳地笑着问我。

“……很苦。”我被问得脸一阵灼热。频道终于还是切换到刚才我一直避讳的话题。

“嗯？是吗！这个我知道，她们也这么说过。”卢佳逸扬起脸做思考状。

“是吗!?”我冷笑。早该想到这个混蛋一定夺走过不少妙龄白痴的香吻。我就是众多白痴中的一个！

“不过，她们可都很留恋这个味道哦！”卢佳逸半真半假地撇撇嘴。

“我要下车了！”我打开车门二话不说就跨了出去。

“喂！”卢佳逸伸手拉我，却被弹回的车门重重一击。我就在他的惨叫声中走向包房。

“去这么久？孩子都能生出来了！”贾晓看到我，剑眉倒竖。

我扫视一眼包间，人都走光了，只剩下石斑鱼和祁恒在清理一片狼藉的场子。

“旋惠呢？”我问。

贾晓埋怨道：“你知道你们去了多长时间吗？旋惠等了半天实在困得慌才先走的！”而后又幽幽地道：“我就只好硬着头皮等啦！”

“晚了，要不要我送你们？”石斑鱼又跑来献媚。

“卢佳逸会送的，我们走吧。”祁恒拿起沙发上的外套，定定地看了我一会，然后穿上外套，说：“嘴擦一擦。”便走了出去。

“他好像吃醋了耶！”贾晓趴到我耳边说。

“什么意思？”我连忙抢过她的包翻出化妆镜来看。哇！哇！！我的唇膏全融开了，一看就知道是被啵啵了的。哎呀，好丢脸！居然被祁恒看见了！

“你为什么不告诉我？”我边擦嘴边生气地责怪贾晓。

“你很在意他的想法吗？”贾晓问。

“不管怎么样，这样总是不好啊！”

“你不想知道他到底在不在意吗？这个人实在太会隐藏自己的真实想法了！不过这次他好像真的吃醋了耶！”贾晓显得很兴奋。

“你，上次不是说要我放弃的吗？怎么现在又？”我疑惑地看着她。

“谁叫我们是好姐妹呢？只能对不起旋惠了！虽然从道德伦理来说这样是不对，但你也不要太自责，我会一直支持你的！就像你支持我一样！”贾晓善解人意地摸摸我的头。

“谢谢你。不过，我已经决定放弃了，我答应了卢佳逸。”

“……是吗！？你~，真的不会后悔吗？”贾晓有点惋惜的样子。

“我不知道。走一步算一步吧，觉得好累！”

贾晓没再说话，轻轻伸手过来把我按到她的肩上安慰我。

（三十三）

我和卢佳逸过起了所谓的情侣生活。

卢佳逸兴致勃勃地去买了两条情侣项链，却不戴在脖子上，还强迫我也戴在手腕上。银色的项链，吊坠是鹰的形象，挺好看的。把它在手腕上绕三圈就能够固定住。他说这种项链不是世上独一无二的，但会这么戴的也许就只有我们两个人了。

我本来以为可以和贾晓一样享受免费饭票的，可该死的卢佳逸没人家石斑鱼那么勤劳，只是经常发条短信过来让我下楼，带我出去吃。他对吃颇有研究，于是我们就从泰式火锅吃到韩国料理再吃到潮州风味，吃遍江城。

印象最深的是有次一起看电影。我迟到了整整半小时，颇有贾晓的风范，而卢佳逸只是浅浅责备几句就又去买下一场的票，着实让我感动了一回。

那场电影很难看。也难怪国产电影没什么市场，拍来拍去就那么123。我就不明白那些导演是不是认为一段爱情非得添上点死亡的色彩才完美。比如说：一个男的很爱很爱一个女的，他为了去抓一只从女的手中飞脱的气球被车撞死了，于是他们的爱情就变得可歌可泣。而这个女的如果不能用一辈子记住这个男的的好，那他就算死得不值。可如果这个男的没有被车撞死，而是和女的结婚生子，数年后有了外遇，邂逅了一段新恋情，于是抛妻弃子，去爱了另一个女人，故事反倒让人觉得贴切些。因为死亡让这个男的变得伟大，他便成了对爱忠贞的

楷模。这样人们绝不会想到他不死的将来也许会背弃这个女的，而这个女的也认为男的是把自己当成用生命爱着的人，无法回应别人的感情，痛不欲生，于是世间就又成就了一段催人泪下的传奇。

人们总是喜欢把小小的感情去夸张，去放大，好像不如此不足以感动自己。但极致的美丽和浪漫，也许就在手指间，在睫毛前。如果你能以伟大的耐心等待，一旦拭去浮尘，它们就会放射出异样的光芒！

"在想什么？老心不在焉的！"卢佳逸问。

"没什么，这种电影很老套。"我淡淡地说。

"那是因为你迟到了。我本来买的上一场，你一定喜欢看！"他很肯定。

"是什么？"我好奇地问。

"《Peter Pan》。"

"确定！？那部电影我很早就想看了！好可惜哦！"难道他调查过？或者会读心术，连我喜欢什么都一清二楚？

后来我才知道，他就是这种人。他会为我安排好一切并让我称心如意。和他在一起是不用带上大脑出门的，不用思考，更不会抱怨，因为他能做得太好。

有他在身边的那段日子我像个简单、快乐的孩子，享受他一切的无微不至。他就像在用最细的笔去勾勒出玫瑰花心最深处的花蕊，那种温和与周到，实在宠坏了我。

这些记忆就像暗夜里绽放的花朵、水面下闪动的波光，是一种无法漠然的淡泊，以致我如今想起来都会很幸福很幸福地微笑。

"哎，我好不甘心哦！你是所有跟我在一起的女人中唯一不要我给承诺的。"电影快演完的时候，他突然凑过来说。

“管用吗？能留住的，就不必强求，留不住的，终究要放手。”我说的是祁恒。

“也许管用呢，因为你是第一个让我想给出承诺的人。”卢佳逸用难得的认真语气说。

“那对她们的承诺你兑现了吗？”不用想都知道肯定没有。

“没有。”他还算诚实。

“那不就得了。”我沉默地看了他一会，然后低下头淡然地说：“那种东西就像鱼的眼泪一样无谓。”

“是吗~，那，如果哪天你想要了，我随时供应！”卢佳逸调皮地用食指弹一下我的额头，眼神流露出坚定而又不强求的机智。我不要承诺的原因，他应该是知道的。对爱得深的人才会想要，而我还不算爱他，或者不够爱他。而想给出承诺的人大多是因为没把握吧，无论是对自己还是对对方。

我偶尔还是会在图书馆碰见祁恒，彼此间说些不疼不痒的话。原来他看书的时候是戴着眼镜的。跟卢佳逸不一样，他即使戴着眼镜也藏不住骨子里的邪气，懒懒地用手托着下巴看书的样子和小时候一模一样。世上总有一些东西是残酷如时间也改变不了的。有时就这么看着他的脸，我想，我这辈子是别想忘记他了！

（三十四）

江城冬天的冷风真让人领受不起。学校的男生女生们都陷入了烦躁之中，总盼着早点放假。

高一年级有个男生到阁楼捡羽毛球的时候，不小心摔了下去，把学

校的玻璃房顶踩出了个大窟窿。不过牺牲他一个,幸福千万家,一向惜时如金的学校因为要检修慷慨地放了我们大半天假。贾晓提起书包就跑去会“先生”了,丢下我一个人自由活动。本以为卢佳逸会帮我打发这无聊的时间,谁知道打了半天的手机都没人接,也不知道死哪去了!

我随便乘上一辆公车,到终点站才下。中途整车的人只进不出,我根本无须用腿来支撑身体,因为四壁全在对我做功。迷迷糊糊下了车也不晓得是哪,只好百无聊赖地压马路。

经过一个收摊的菜市场,满地的鱼腥和残叶。我正想掩鼻跑过,却看见了祁恒,他旁边还有六个打扮得像火鸡的男生。他们好像不太友善。其中一只火鸡推了祁恒的肩膀一下,我就知道他惨了——祁恒是会打人的,我第一次知道是在华锦小学和另所小学的篮球比赛上。当时一个大个子把他推倒在地上,我不知道发生了什么事,但祁恒愤怒了,他飞快地举起一块石砖,随着一记钝重而沉闷的声音,大个子的头突然倾斜,血像一个手掌无声地掌控了他的额头。也就是因为这件事,祁恒丢了班长的职务。

火光飞转间,那只火鸡应声倒地。很显然祁恒的举动激怒了其他的火鸡,他们都围了过去。我慌忙掏出手机求救。贾晓的没人接,卢佳逸也是,怎么连于帆也是?旋惠又没有手机。怎么办?报警吗?好,就报警!

“喂!警察局吗?我,我看见有人打架,你们快过来看一下!”

“你在什么位置啊?”彼端传来一个慢条斯理的女声。

“我,我也不太清楚!总之你们快来啊!”我心急火燎地说。

“好,我查一下。嘟~嘟……”断了?有没有搞错啊?哇!!!我转过头才看见那六只火鸡都快骑到祁恒头上了!不行,得过去帮忙!我气势汹汹地冲过去开口就骂。

“六挑一？你们有没有廉耻心啊？我看没有！我已经报警了，你们再不滚，就滚不了了！”

“谁呀，这是？报警了啊！我们好怕怕啊！哦？有明！”黄毛火鸡阴阳怪气地对另一只火鸡说。

“你马子？长得不错嘛！不会也是出来卖的吧？哈哈哈……”那个叫有明的混蛋挑衅地看着祁恒，此时他正恶狠狠地揪着祁恒的衣领，而祁恒则面无表情地盯着他。

“小子，你他妈真没种！被做鸡的娘养大是不是很爽啊！？”看来祁恒的轻蔑惹毛了他。可是他在胡说什么啊？这个混蛋！你才没种！我最恨那些骂别人父母的人了！

“去死吧！”祁恒捏紧拳头用力击在了他的脸上，顿时他的脸就像染布一样变成了战旗色，黏稠的液体止不住地往外涌。他瘫倒在地上，痛苦地呻吟，全然没有了刚才的气势。

“找死！！！”那个一开始推祁恒的家伙气得七窍生烟，毫不留情地一拳挥出。

“小心！”我因为晕血腿都站不稳了，只能在旁边干喊。祁恒是躲过去了，可我却被一只粗鲁的手拎了起来。

“妈的，你叫什么叫！再叫一声试试？！”阴阳怪气的变态男突然变了张脸似的，凶神恶煞地怒吼道，吓得我倒吸一口冷气。

“你再敢还手，她会怎么样你该知道吧？”说这句话的人估计是火鸡帮的鸡头，一副盛气凌人的样子。

“真衰！想用女人来威胁我吗？”祁恒漠然地看了一眼被鸡头单手掐住脖子的我说。我没有开口，虽然知道这应该是祁恒要的计谋，但我

的一颗心还是像被火烧伤似的痛。

“是嘛！也难怪，估计你马子也是鸡，对这种事当然是无所谓了！”鸡头冷笑着说完，猛地伸手过来用力扯破了我的上衣。

“哇!!”我本能地想护住胸前，双手却被鸡头死死地按在了墙上。我含泪无助地看着祁恒，他脸色铁青地隐忍着。鸡头突然粗暴地亲我的脖子，那不是亲，是咬！恶狠狠地咬！我痛得大声地哭喊。警察怎么还不来啊？真他妈倒霉，看来接警的警察姐姐以为我在报假警了！

蓦然疼痛减轻了，我睁开眼看见的是祁恒满是疼惜的脸。那个不要脸的死鸡头被打倒在地上。

祁恒拉着我的手想跑，可是另外的三个人把路守得牢牢的，连只苍蝇也飞不走。就在祁恒过去开路的空档，那个变态男又把我推到了旁边的墙上。我突然想到包里有把美工刀(昨天美劳课做的)，但我的手被他压住动不了。

“滴滴答滴~~，”我包里的手机忽然响了起来，变态男一大意减轻了手上力度。就趁现在！我迅速摸出小刀用力刺进了他的胳膊。他痛得大叫一声，往后一闪，马上又雷霆大怒地想上来夺刀。我双手紧握住刀柄，跟他保持一墙之宽的距离胡乱挥舞。他不敢往前但又不死心，眼睛死死地盯着我手中的刀。他再次来抢刀的时候被我划伤了手，但因为我用力过猛小刀也被甩到了对面的巷子。我还没来得及反应过来，他就一巴掌打在了我的左脸上。结结实实的一巴掌打得我眼冒金星，忘记了痛。他接着一个反手又是一巴掌打在我的右脸上。这次我感觉到痛了，火辣辣地痛。我沿着墙滑坐到了地上，可他还不肯放过我，揪着我的头发让我起来。我受不了痛只能乖乖地爬起来，看着他慢慢地举起了拳头想把力道积累到最高点。我想这次完蛋了，回去只能整容了，绝望地闭上眼睛心惊胆战地等待痛苦的来临。

一秒，两秒，等了一会，发觉脸上并未传来预期的剧痛，我颤抖着睁开眼睛。祁恒正把我护在他的两臂之间。随着一记钝重的声音，他的身体猛地往我身上压过来。虽然隔着他的身体，但我还是能感觉到刚才那个声音的力量。祁恒马上转身打出了最后也是最漂亮的一拳。变态男终于和其他五只火鸡一样躺在了地上，一动不动。我以为这时该是警车不紧不慢地出场了，电影不都是这么演的吗？不过很可惜，事实证明电影的确是源于生活，高于生活，即使到了最后也没看见 Police 的影子。唉，好警察千千万，偏偏被我遇到个不负责任的！真是倒霉了喝口凉水都塞牙缝。

祁恒突然拥我入怀，紧紧地抱住我，蹭得我伤口好痛。虽然我全身的肌肉都在抗议，但这一刻的幸福远远超过了它给我的痛楚！他的臂弯很快将我融化。在他面前我总会失去矜持，我用双手紧紧抱着他。空气里弥漫着黑色的温柔和痛苦的敏感，这种美丽而凄凉的触觉，除了我俩没有人能够感受到。

蜜一样的瞬间如同梦幻空花，除了短暂的拥抱，空气中只留下甘美而凄厉的血腥味道。冲动的时刻，情感失控的时刻，总不会太长，理性总会很快占据头脑。他终于还是松开了手，什么也没有解释。如果是以前我一定会刨根究底问清楚，可是如今我没有立场问这些了。因为我是卢佳逸的女朋友，而我刚才已经背叛了他！

祁恒骑摩托把我送回学校的公寓。

我一上楼就听见了卢佳逸的声音。

“还没接电话吗？她搞什么啊！”

“要报警吗？”这是旋惠的声音。

“不用了。”祁恒率先开门进去，我跟在后面。

“祁恒？你们，你们怎么了？”旋惠大惊失色地愣在那里。

“子菲!! 你怎么了？”贾晓看见我身上的伤快步走了过来。

“咚!”卢佳逸手上新鲜的香水百合掉在了地板上。他像一只箭一样冲过来，抱住我，好像下一秒我就会消失一般。卢佳逸的拥抱跟祁恒不同，他只是轻轻地搂着，害怕弄疼我。

祁恒把刚才发生的事情告诉了大家。卢佳逸一直沉着脸不说话，然后突然站起来牵着我走向门口。贾晓问去哪他也不做声，带上门就出来了。

到了楼下，他打开车门，说：“进去。”

“到哪去？”我终于忍不住问。

“医院!”他斩钉截铁地说。

我见他脸色很差，不敢说不去，乖乖地上了车。

这次他又把车开得N的N次方那么快！我受了伤的骨头经不起他这样左拐右拐，疼得我龇牙咧嘴。他却像掉了魂似的完全没注意到，眼睛也不眨一下地只顾着开车。我还是第一次看到他这种状态。

到了医院卢佳逸居然给我挂了专科急诊！

“没必要这么劳师动众吧？”我小心地问。

卢佳逸不答话，一脸严肃地看着我。

“反正他们急诊室的人都很闲，烦烦他们也是应该的!”我连忙改口。

“……对不起。”卢佳逸眉头轻蹙，“在你最需要我的时候我不在你身边。”跟着又坚定地说：“以后不会了！”

“这不是你的错，谁也无法预料下一秒要发生的事啊！”我安慰地抱住他。这是我第一次主动抱他。他微微惊讶地睁大眼睛，似乎有些不知所措，然后才温柔地搂紧我。我不全是在安慰他，我真的想依偎在他怀里。不知为什么这一刻他的怀抱突然让我如此留恋。

急诊室的医生不情不愿地给我检查、开药。不敢跟钱过不去，只好把气往我身上撒，粗手粗脚地按来按去，疼得我嗷嗷直叫。卢佳逸像在等待临产的小媳妇般在外面踱过来踱过去。一个女医生终于忍不住说："连骨头都没伤到，还挂急诊，也太小题大做了吧！"幸亏这句话没被卢佳逸听到，否则她一定吃不了兜着走！哼！

第二天我的脸就基本消了肿，看来医院的药果然是和价格成正比。我的身份、地位得到了明显提升，这两天卢佳逸都会亲自来护送我出门，贾晓也很大方地把免费饭票无条件让给了我。旋惠则一天一个抱歉，就像是她们家孩子弄破了我们家沙发似的一句一个"这都是祁恒闯的祸，真是对不起！"听得我耳朵都长茧了。

这些日子天天不是在宿舍就是在教室，没去过图书馆，所以也没机会碰到祁恒。

（三十五）

天气越来越冷，我最讨厌的季节还是来了。这里是南方城市，真正的寒气要到圣诞节过后才会下来。现在的气候身体好的人一件套头毛衣就够了。可恨的是我不属于这类人，所以每每出门都会穿上厚重的外套，惹得大伙都趣称我为"冬菇"。

12 月 20 号是 OMI 的生日，于是我们原班人马到老地方（上次祁恒过生日的包房）庆祝。

我和卢佳逸一起买完礼物就过去了。我们到得比较早,大队人马还没杀过来。过了一会,寿星 OMI 和另两个不认识的人到了。果不其然,他又挟一陌生美女出场。不过他今天穿得可真是很寿星,比起上次的祁恒要耀眼多了。他从进来开始就不停地喝酒。虽然他努力隐藏,但我还是看出他有些不快。

过了 10 分钟的样子,旋惠和贾晓也来了。于是我们开始大声 K 歌。贾晓坏坏地笑着要我和卢佳逸情歌对唱,还擅自做主帮我们点了《心语》。

我倒！这么老的歌有什么好唱的？虽然我并不歧视 BL,但要我唱他的歌,还是不干。旋惠想了想,说罚我们出去买饮料,算是放过我了。要知道跟卢佳逸这种天才歌手对唱压力可是很大的啊!

我们走出包房。被冷风一吹,我浑身发抖。

“冷吧？要你多穿一点你还不肯！逞强!”卢佳逸板起脸说,却掩饰不住对我的爱意。

“还穿？再穿我就成企鹅啦！你怎么说话越来越像我哥!”我撅着嘴狡辩。

卢佳逸突然温柔地把我裹进他的风衣里面。凉意顿时全被驱走,我把头靠在他温暖的肩膀上,很舒服。我想我是真的喜欢上他了!

余光看到个人影,转头确认是祁恒！我下意识地轻轻推开卢佳逸,站好。

“来了!”卢佳逸有些不自然地打招呼。真的假的？这家伙还会害羞？

“嗯,我先进去了。”祁恒淡淡地应一声就要去开门。

“我们也要进去了。”卢佳逸牵着我跟了上去。

“买个饮料这么久啊……哎，饮料买哪去了？”旋惠见了我们调侃地问。

“呀，OMI 怎么了？”我赶快转频道。本来两次被祁恒看到这么煽情的场面就很郁闷了，绝不能再让他们当面开涮。

“还用问？一看就知道喝醉了呗！”贾晓悠哉地酌着啤酒说。

“喂？”OMI 此时已神志不清，把美女推到旁边自顾自地打起了手机，“左昕吧！你现在去我家楼下等我，就这样！”说完就挂断了。

我还是第一次听见 OMI 亲口喊左昕的名字。他刚才的态度很强硬，就像在使唤自己的一个“小蜜”。罢了，看在他今天是寿星的分上就不说教他了。不过，难不成他真把我们一大帮人晾在这儿？唉，醉成这样又怎么赴约？

“你真的要回去吗？”一个男生问。

“去哪儿啊？来来，我们接着划！”OMI 似乎已经忘了刚才打电话的事了。

“两只小蜜蜂啊，飞到花丛中啊！飞啊……啊，你输了！喝！”

“哎呀！不玩这个啦，咱们换个花样玩！”

“换什么？”一个女生好奇地问。

“十五的月亮十六圆啊，我们来划淫荡拳啊！你淫荡啊，他淫荡……”

“哇靠！你还真够下流的！啧啧啧，看来醉得不轻啊！”贾晓吃惊地说。

“不在放荡中变坏，就在沉默中变态！”卢佳逸神经质地解释道。

“什么啊！不跟你玩了！”划拳的女生气乎乎地走开了。

“别理他！祁恒，我们来唱歌！”旋惠把麦克递给祁恒，然后在他旁

边坐下。

他们点的是《我想我不够爱你》。不听不知道，听了吓死你！旋惠的歌唱得真是好！像这样才有资格和卢佳逸对唱嘛，我的鸡喉咙就不要显了。卢佳逸似乎跟我有心电感应，我刚想到这，他就顺理成章地接过祁恒的麦克唱了起来。二人的对唱狂好听，真是天籁啊！

“罗莎”有人过来送蛋糕。鲜奶巧克力的12寸大蛋糕，看得我直咽口水，于是很好心地把卢佳逸的那份也一并解决了。

在祁恒伸手接蛋糕的时候，我看见了他手上的Carven770。我猜的果然没错，真的很适合他，只可惜这并不是我选的那块。想到这里有些怅然若失，连吃蛋糕的胃口也没了。

大家都没有力气再玩再唱时，我们一行人才晃晃悠悠地出来。

外面原来在下暴雨。只有卢佳逸是开车来的，于是护送OMI这个艰巨的任务理所当然非我们莫属，贾晓和旋惠当然也跟着我们。祁恒和石斑鱼他们就只有打的回去了。

街道上已没什么人，风硬硬地刮着车窗，凉气一丝一丝地往里透。卢佳逸脱下外套披在我身上，自己只穿一件薄毛衫。这一举动很快引起了公愤。

“干吗呀！卢佳逸！子菲冷不得我们就冷得了!?”贾晓尖着喉咙说。

“就是，自觉点！把毛衣也脱给我们!”旋惠也打趣道。

“不是吧！旋惠，要脱该找祁恒才对吧？我在你面前脱是没问题，可被祁恒看见就不好解释了啊!”

“脱你个头！开你的车。”我使劲捏他腰一下。

“嗷！知道了~~，老婆大人!”卢佳逸委屈兮兮地说。

“你再叫一次试试?”我用手抵着他的腰威胁他。卢佳逸像小孩子赌气似的偏过头不理我。

“嗯~~~,过了~~,过了~~!在想什么啊你!”醉得东倒西歪的OMI居然还认得自己家的路,当真是酒醉三分醒。看来俗话说的没错。

“那是谁啊?这么晚了,等人吗?”贾晓看着车窗外疑惑地说。

“是左昕!!!哎呀!她真来了!”旋惠惊讶地叫道。

的确是左昕!她艰难地撑着把伞站在雨里,身上只穿了一件单薄的毛衫,而且好像在哭!人家一定等了很久了。这个天杀的OMI!我转头想教训他几句,还没来得及张口,就听见“砰”的一声,他关上车门就冲了出去。我们都坐在车里静静看着。卢佳逸这家伙脑袋不知在想什么,竟然放了《人鬼情未了》的音乐。

OMI跑到左昕的对面,停下来喘粗气,看他的样子酒是全醒了。他表情严峻地盯着左昕不说话。过了一会,他突然粗鲁地拽住左昕的衣服把她拉进怀里。左昕手里的雨伞掉到了地上。我晕!哪有这样抱女孩子的?这种爱意的表达方式还真是让人叹为观止。

看到这么精彩的场面,车里四个没心没肺的家伙都来了兴致,都趴在窗子上瞪大了眼睛看。卢佳逸还很夸张地找出一副眼镜递给我,说戴着看清楚些。汗!

老天爷好像很眷顾这对小恋人,雨小了很多。大概过了10分钟左右,他们终于分开了。OMI说了些什么,然后头也不回地往这边走过来。左昕却没有动静,伞也不捡,雕像般傻立着。

“开车!”OMI说。

“去哪?”卢佳逸边发动引擎边问。他也真够没良心的,说开车就真开车,全然不顾人家要劳燕分飞!

“你家吧，我今天跟你挤一晚。不想回家!”OMI 迟疑着说。

“你们怎么了?”贾晓率先切入正题，我和旋惠都竖起了耳朵。

“分手了!”OMI 耐着性子答。

看这情形我们都没敢再问下去，乖乖坐好，等着到学校。

我看得出 OMI 是喜欢左昕的，比那些他带来后连名字都不跟我们介绍的女孩要喜欢得多，只是他好像有什么苦衷。其实不用问也能猜到是因为豆腐脸！唉，至于这个我想左昕也是有苦衷的，她上次不说了吗？总之四个字:造化弄人!

(三十六)

贾晓的那位“先生”要到长沙出差去了，她怕他思念成狂，预先拍了一大堆数码靓照。可她还觉得不够靓，硬是要我用 Photoshop 修得更完美些(我懂点这个)。于是我用她两个星期的免费饭票做交换条件，忍痛割舍了一个周末的时间。

终于弄完后，我拿着照片走在回学校的路上。突然一个小女孩冒出来把我拦住了，“姐姐，你是叫~ 于子菲吗?”她一副怯生生的样子看着我。

“我是啊！小朋友，你是谁啊？有什么事吗?”我想减轻她的不安，微笑着问。

“是她!”小女孩没回答我的话，而是转头对着旁边的窄胡同喊道。

紧接着就陆续出来了六个女孩，准确地说是六个太妹！虽说现在六人组合流行，也不至于流行到这份上吧？怎，怎么回事？我有种不祥的预感。其实不用预感了，一看就知道是找茬的了！我不是这么倒霉吧？才挨扁不到一个月又来了？努力回忆一下，我好像没招惹谁吧！

“于子菲吧？别问为什么，我们不会告诉你原因。也别问谁是主谋，这是机密。你大可放心，完事后我们会帮你叫救护车，保你不死。从现在开始你可以不说话，但你说的每一句话都将成为挨揍的理由！听清楚了吗！?”其中个子最高的女孩像念使用说明似的对我说道。她穿着 Stonefly 的棕色皮靴。哇！是我一直想买的那一款！哎呀，我在干吗？死到临头还想别的。等等，我想起来了，一定是那块臭豆腐！没错，她说过要我等着瞧的。

“是花溪要你们来的对吧?”我气愤地问。

“刚才的话我不想再重复了……”高个子边说边往我这边走来。

“你，你想干什么?”有了上次的教训，我吓细了胆子，很没种地往后退。

“姐姐，我要吃冰激凌!”刚才陷害我的那个小坏蛋扯着高个子的衣角小声且含糊地说。

“好，小露乖！自己去买!”高个子目光温婉地看着小女孩，从荷包里拿出五块钱递给她。也许她也不是很坏，至少我认为喜欢小孩子的女孩不可能太坏。可能我们之间有什么误会呢？我心里多了一丝侥幸，但这点侥幸随着她目光转移到我身上时的冷酷而消失殆尽。

小坏蛋走后，高个子抡起胳膊就要赏我一个耳光。

“等一下!”我抬手挡住，“你总要告诉我原因吧？我可不想不明不白地挨打。你说出原因啊！我觉得有道理的话就让你打!”我想采取缓兵之计。

“有没有道理都要打!”她又一次抡圆了胳膊。完了完了！这次是逃不掉了。上次因为有祁恒我才不那么害怕，这回形单影只的怎么办

啊?

“你是谁?”高个子突然惊声叫道。我抱着满心的希望抬头,天,竟然是祁恒！他真的来救我了！为什么每次和我一起度过危险的总是他?

“好痛!”高个子竭力想摆脱祁恒抓住她胳膊的手。

“你到底是谁？为什么要打我!”祁恒的出现最大限度地增强了我的胆量。

“不关你的事!”高个子狠狠地瞪着我道。笑话！你打的是我怎么不关我的事？旁边的甲乙丙丁等见状都一改刚才悠闲的姿态要上前帮忙。

祁恒放开高个子的手臂,用没有温度的声音说:“你们走吧,我不想打女人。”见她们没反应又加一句:“真要打嘛,我会毫不留情地让你们全趴下。”

高个子虽然强装镇定,可我知道她是害怕了,因为她刚才已经见识了祁恒的力气。沉默几秒钟后,她终于带头悻悻地离开了。

“你真的会打女人?”我好奇地问。

“呵,也许,在必要的时候。”祁恒大概觉得我的问题很好笑。

“是吗!”我干笑两声。

“你认识他们?”祁恒问。

“不认识,但我知道是谁要她们来的。”

“看来你得罪人了!”

“你怎么会到这里?”

“路过。如果不是我你就挂彩了。”

“要以身相许吗?”我看着他。

“好啊。”他随意地答。

“什么时候?”我问。

祁恒不再理会我,继续走路。

“什么时候?”我裹足不前。

“认真的?”他也停下来,转头问我。

“我是认真的。”我让自己的声音尽量漠然。

“不用。”他说。

“那你那天为什么要抱我?”我心虚地抬头,看向他波澜不惊的眼睛。

“没想过为什么,你不是没有推开我吗。”祁恒那双敏锐的眼睛看得我心慌意乱。那一刻我竟然没有还击之力,被他打得一败涂地。他没错,是我自作多情罢了。

“滴滴答滴~……”我像遇到救星似的抓起手机。

“喂?”

“老婆,你在哪?”卢佳逸嬉皮笑脸的声音。听到他的声音我觉得很内疚,要是让他知道我和祁恒在一起他就没这么快活了。

“我在回学校的路上。”

“是吗?我来接你吧!”

“好吧!我在洪山广场的麦当劳等你。”

“OK!对表,倒计时10分钟,我准到!”

“你小心点,别开太快!”

“嗯~,88!”

挂了电话,我才发现场面有点尴尬。不过这只是我的想法,祁恒仍很自然。

"他要来接你吧,那我就先走了。Bye!"祁恒挥挥手就离开了。

看着他的背影我能确定我还是很喜欢他,只是我不能再期盼得到他了。因为他并不喜欢我。真正喜欢一个人是不会用这么冷漠的眼神对待 tā 的。对我而言,他好比是一个梦想。就像卢佳逸说的,梦想是不能实现的!

(三十七)

"妈的! 我早就说不能相信她们了!"贾晓听我讲完经过后气愤地说。

"也许,我是说也许不是她们呢? 我还蛮了解左昕的,她的话应该可以信任。"旋惠小声地说,生怕再激起贾晓的怒焰。

"那花溪就不能背着左昕叫人啊? 再说好像是左昕总屁颠屁颠地跟着她吧!"贾晓反驳道。

"不管怎么样,我是不会算了的,不过在这之前我要先找左昕谈一谈。"我总结道。

"跟她有什么好谈的? 喂,你去哪?"

"很快回来,88!"带上门我就出来了。

到了外面我给左昕打了个电话(号码是旋惠告诉我的),坐在一家叫"江南布衣"的饮料屋等她。15 分钟后,她穿着亮橙色的套头毛衣出现在我对面。

"你好啊!"左昕对我甜甜一笑。多么可爱的女孩啊! 她拥有仿佛沾着露珠的秀气脸庞,只是透着些许疲惫。是因为 OMI 吗? 看来她还沉浸在失恋的痛苦之中。这一切的罪魁祸首八成都是该死的臭豆腐!!

“你知道‘昕’的含义吗?”我的理直气壮在收到左昕的笑容后软了下来。不等她回答,我接着说:“‘昕’在字典里的意思是‘当太阳升起时’。它象征着希望。可是我从你身上却看不到希望的影子。”

“你想要说什么?”左昕被我的话弄得一头雾水。

既然如此那我就直说了。“你还记得那天你对我们的保证吧?可是花溪违背了你给的诺言!”

“你是说~?不可能!你一定是搞错了,她并没有做什么啊!”左昕一改刚才气定神闲的样子,激动起来,好像很害怕我们会反击。

“你别激动,我只是在怀疑!”我赶紧捏住她的手,想稳住她的情绪。

“你们一定要弄清楚!她没有!我保证!!”左昕反捏住我的手拜托地说。

“好~,我会的。你能告诉我你为什么这么肯定吗?”我实在弄不明白。难道就因为那点学费吗?

“我能肯定!因为,她的本质并不坏!”呵,什么叫本质并不坏?简直就是安慰家长的老师惯用的台词嘛。

“是因为学费的原因吗?如果是,我可以帮你……我想OMI离开你也是因为花溪吧!?”我干脆把话摊开了讲,真的不希望她再这么被花溪玩弄于股掌之中。

“你,你怎么知道这些??”左昕大惊失色。

“学费单我是无意中看到的。至于OMI,那天我在场。”

“……是吗,他跟你说了?”左昕轻轻地用手指抚摩着盛果汁的玻璃杯。

“嗯。如果你是因为缺钱的话,我可以帮你预支,等你有了钱再还

我。”我想这是最好的解决方式,即能帮左昕摆脱花溪又能保证她不失尊严。

“很谢谢你！不过这不是钱的问题,你不了解。”左昕浅笑着说。

“那是什么问题呢?”我有些按捺不住了。她到底有什么苦衷要非这样不可?

“你知道为什么我的学费是花溪的爸爸付吗?”左昕淡然地问。

“为什么?”

“因为他也是我爸爸。”

“什么？可是你们——”原来如此,我就说一定有什么不对的了。

“我们长得不像对吗？当然不像,我们不是亲姐妹。她的亲生妈妈是我妈妈也就是现任花太太的好朋友,很好的朋友。是我妈妈爱上了她的爸爸,从一开始这个故事就注定是悲剧收场……花溪的妈妈自杀了!”

我在旁边听得大气也不敢出。怎么会这么戏剧性啊？花溪原来这么可怜!

“我和花溪曾经是多么好的朋友你知道吗！可是因为花阿姨的死她在一瞬间全变了！整整一年她没开口说过话。你知道我和妈妈是背负着怎样的内疚过来的吗？每次看到花溪我都很恨妈妈！觉得是她夺走了花溪全部的幸福!”左昕说这话时的表情纠结,可想而知她内心的痛苦有多深。

“既然内疚,你妈妈为什么还要和花溪的爸爸在一起呢?”

“花阿姨在死前写了一封遗书,说是遗书倒不如说是诅咒。她说：我恨你们！即使到了阴间我也不会忘记你们对我的背叛！我选择死就是要让你们痛苦一辈子！你们不会好过了,永远不会!”左昕咬紧嘴唇,隐忍着眼泪。

“她一句也没提到花溪，一句也没有！连最亲的人都忘了告别，她是带着怎样的怨恨走的？”左昕做一个深呼吸，顿了顿继续说：“所以我妈嫁给了她爸，为的是接受诅咒，希望花阿姨的怨气不要带到下辈子，希望她下辈子能够幸福——如果真的有下辈子的话。快十年了，他们一直做着有名无实的夫妻，从来也没笑过。上帝成全了花阿姨的诅咒，他们真的痛苦了一辈子！”

“原来你们背后藏着这么多的故事~~。对不起！我什么都不知道，还一直，一直看不起你。”我很诚恳地道歉。是我错怪她了。

“我能够触摸到她的悲伤，却无力抚平，看着她一步步迈向堕落的深渊，却又无力制止。你能了解这样的痛苦吗？”

“嗯……可是 OMI 怎么办？你，不爱他吗？”我真的好同情他们两个。

“爱，很爱很爱！我可以接受他的一切，甚至是抱别的女孩。可是他无法接受我，他办不到。你说得对，他介意花溪，可我是不可能离开花溪的。就像他那天说的，如果这样，还是早点分开吧！”左昕茫然地望着窗外。午后的阳光透过落地窗洒落在她身上，给人温暖、安逸的感觉。就这么看着她，又有谁能够想到她的背后会隐藏着这样的故事呢？

“……我毕竟是局外人，这种事不便发言。至于花溪的事，可能真是我弄错了。你放心，我不是不讲理的人。”自己的感情问题都满头包，哪还有资格给别人意见！看看表已经快 3 点了，我起身准备告别：“对不起，今天突然把你叫出来。你现在要回学校吗？我们可以一起走！”

“哦，没关系！我想再坐会，你先走吧！”左昕微笑，说。

“好，那再见！”我拿起包挎到肩上。

“于子菲~!”左昕突然又叫住我。

“嗯?”

“谢谢你。这些话我在心里憋了十年!也不知道为什么会跟你说,可能这就是缘分吧!希望你帮我保守这个秘密,好吗?”

我微笑着点点头,转身离开了。

左昕是个多么伟大的女孩!在她面前我感觉自己只是个渺小、委顿的影子。放心吧,为了你,我会最大限度去容忍花溪的!

在回学校的途中,我接到卢佳逸的电话。

“子菲~。”

“嗯?”

“跟我在一起你觉得幸福吗?”奇怪!他怎么突然问这个!

“凑合吧!”我说。

“委屈你了。”他说。

“还好啦,你就别自责了!”我安慰他。

“我要是在你身边就好了。”

“干吗?”

“咬你!”

“呵呵~,那你来啊!”

“还是你过来吧,我在家等你。”

“呵呵~,别开玩笑……”

“啪”,他挂线了!

“喂?”

“嘟~嘟~嘟……”

我哑然。敢挂我电话?搞什么飞机!

我想了想还是决定去一趟卢佳逸家里,他刚才的表现有点奇怪。

到了他家门口我正准备按铃,突然听到附近传来手风琴的乐声。循声看去,居然是卢佳逸!他正坐在草坪的长椅上侍弄着一个崭新的手风琴。看见我来了,他并没有停下来。

我不知道他拉的是什么曲子,但我敢肯定他拉走音了,而且音走得很厉害!他好像真的不打算停下来,那走调的乐音弄得我都快疯了。

我忍不住对他喊:“我来了。”

“看见了。”他也喊,仍不停下来。

“你叫我来就是听你拉手风琴的吗?”我扯着嗓子问他。

“我拉得怎么样?”他终于停下来了。

“很难听!”我实话实说。

“真的吗?”他笑问。

“当然是真的,这是我听过的最糟糕的演奏。”我笑答。

“可是刚才至少有30人围坐在我旁边,场面很壮观。是你来把他们吓走了。”他半真半假地说,过来打开了大门。

我咯咯大笑,说:“就凭你?我不信!”

“我爸去世了。”他低下头,说。

“什么时候?”我愕然。

“今天上午,9点23分。”他望着墙外远处嬉戏的小孩,淡淡地说。

“……”我有点不知所措,不知道该怎么安慰他。

“这是十一年前他第一次来我家时送给我的见面礼,我一次也没玩过。是不是像新的?”他又拉了两下手风琴。

“嗯,你保养得很好。”我知道这句话很蠢,但我真的不知道该说什么。

“我在阁楼里找到的——是它的质量好。”他平静地解释。

“他真的~ 把公司变成了慈善机构?”我问。

“他做过的决定从来不会改变。”

“那,那你和你妈妈现在什么也没了?”我小心地问。

“呵,怎么会呢? 我妈在他身前多少存了些钱。”他大概觉得我的担忧很傻。

“那伯母她~ 她还好吧?”

“她决定去维也纳。她想在那里度过余生。”

“伯父走了,你,其实很难过吧?”我问他。

长时间的沉默。他低头摆弄着草叶,我则双手托腮想心事。

“……你还要上课吧? 你先走吧!”

“你真的要我走?”

“要我送你吗?”他误会了我的意思。

“算了,再见!”我挥手作别。

“嗯。”他淡淡一笑。

走在路上,我突然觉得自己一点也不了解卢佳逸。每次在我失意的时候,需要他的时候,他总能及时出现,陪着我,安慰我。可当他需要安慰的时候,我却什么也做不了,像个傻瓜一样! 而他好像是在故意隐瞒自己的感情,不想告诉我更多。为什么呢? 难道我不足以让他依靠吗?

(三十八)

两个星期后的一天,又是社团活动日。我来到图书馆。

连个人影也没看见！不会吧？难道我记错了时间？往藏书区里走了两三步，发现了祁恒。就他一个人？

“大家人呢？”我问，如今看到他再没以前那么不知所措了。

“你不知道吗？今天有教授来演讲，他们都去听了。”祁恒看到我，有点意外。

“在哪？”

“不用去了，都快结束了。”祁恒推推眼镜，继续低头看书。

“你怎么没去？”

他用下巴指了指面前厚厚的硬壳书。

“很好看吗？连演讲都不听？”我注意到书名是《资治通鉴》，只不过是漫画版的。

“还好。我只是不喜欢听演讲，会睡着的。”祁恒笑着说。

“这个我早就知道！”以前他就很讨厌演讲。

我拖出椅子在他对面坐下。

“是吗！”祁恒若有所思地看了看我。哎呀，真是的，我干吗老提从前啊？本来好好的气氛又被我弄糟了！

“几点了？”我没话找话，突然意识到自己戴了手表，赶快把袖子往下扯了扯。

“3点一刻。”祁恒随意地看了看表，还是Carven770。他把表戴得松松垮垮，很像他的个性。可是……

祁恒低下头继续看书，戴着手表的手有意无意地揉搓着书角。隔着镜片的眼神冷冷淡淡……

“戴着眼镜会妨碍接吻吗？”我鬼使神差地竟说出这么一句。

他迅速地抬起头，眼神镇定地看了我好一会，说：“想试试吗？”

“好啊。”我也镇定地接受着他的目光。

“……”祁恒迟疑地看着我,好像在寻找我突然说这种话的原因。

“你戴的手表,是我送的对吧?”我平静地说。

祁恒恍然大悟的表情不很明显,但我还是发现了。

“我在表链的内侧第三截刻上了‘ZF’,我名字的缩写。不会那么巧旋惠也做了同样的事吧?”虽然字母刻得很小,但刚才他看完时间后表从手腕轻轻滑落到手臂上时我还是发现了。

“哦!”祁恒只漫不经心地应一声。

“为什么?”我咄咄逼人。

“没想过。”

“这算是理由吗?”

“那你认为是为什么?”祁恒的神情又变得冷漠。

“你喜欢我吗?”我不想再兜圈子,直接问他。

两秒钟的沉默后,祁恒突然站起,拉近我和他之间的距离,一手把我的头固定住,然后靠过来从下方吻了我。眼镜并没有妨碍他!血液在脉管里翻涌,我没有反抗。怎么可能反抗?我根本无法拒绝他,对祁恒我真的爱得很无力。他吻得很随便,没有卢佳逸那种不可思议的温柔,但却一点也不苦。对啊,祁恒是不吸烟的。

大约两分钟后他放开了我。

“想喝水吗?”他问。

“嗯。”我轻轻点头。

他拿出一瓶矿泉水递给我。

“你喜欢我吗?”我锲而不舍。

他不说话,继续看书。

“你为什么不回答我?”我忍着嗔怒。

“答案对你很重要吗?”他抬头看着我。

“是!”我坚定地说。

“有时候喜欢,有时候不喜欢。”他说。

“什么时候喜欢,什么时候不喜欢?”我咬着牙问。

“你拼命想救我的时候喜欢,像现在这样质问我的时候不喜欢。”祁恒的语气里透着冷漠。

“如果你希望我抱你或者吻你,都无所谓,可我只会在某一段时间内喜欢你,这种感觉不一定会长久。如果你认为这样的我还是值得你喜欢甚至因此放弃卢佳逸的话,我无话可说。”

一股阴郁的血液缓慢地流过我的心脏,我不知道是该为他说了真话而开心还是难过。我甚至连反驳他的勇气也没有。我真的很看不起这样的自己,被一个男人这样说都不恨他!女人在陷入痴情以后就会开始变得愚蠢。我厌倦自己的愚蠢却无力自拔!算了,什么都算了吧,不管是真是假我都懒得知道了。真的好累了!让问题简单总比自虐地剖析自己来得轻松。

(三十九)

新鲜出炉的消息:卢佳逸戒烟了!(摸摸吧,还是热乎的!)你相信吗?连我都难以置信,可他真的做到了!那天我随意地对他说:“你戒烟啊?你戒了我就让你亲!”卢佳逸把玩着都彭想了3秒钟,然后抬起头说:“戒了我就可以亲个够吧?那我戒!”

老实说我的确有点后悔,真是一失足成千古恨啊!让那小子占足

了便宜！不过，心里还是有一丝欣慰，毕竟吸烟不是什么好事，我这样做就等于挽救了一个无良少年呢。

从那以后，卢佳逸从烟草王子摇身变成了波糖王子！这是我给他想出的自救方案。现在他只要烟瘾犯了，就吃巧克力口味的“真知棒”。理论上来说这招还挺管用(各位看官如有兴趣可以尝试，这不同于电视上的劈砖，绝对可以模仿)。

在卢佳逸的利诱威逼下我又去了一次他家(上次没有登堂入室，只在他家草坪上坐了会)。他家的别墅勉勉强强算五分之一个道明寺公馆那么壮观吧(好像比我家还更上一层楼)。给我印象最深的是他家崭新的厨房，简洁纯粹的装饰，给人一种很温馨的家的感觉。

他强烈要求我给他做饭，说是别人都吃过女朋友烧的菜。我就猜到他企图不轨，好不容易把我骗来，就是要给他做女佣！幸好我以前自修过烹饪，三两个家常菜还难不倒本小姐。只可惜技术不够娴熟(饭硬了点，菜咸了点)。卢佳逸却兴奋得像个孩子，一个劲地夸“好吃、好吃!”这个安慰奖也太明显了吧？

吃完饭他帮我洗碗，站在我旁边，把我洗过的碗用毛巾擦干，放到消毒碗柜里。

“我是第一次帮人洗碗……”

“我也是第一次做饭给除哥以外的男生吃，你不自豪试试!”我抢先说道。

“是~~~~，谢谢老婆大人!”卢佳逸嗤嗤作笑。

“我说了一百万次了！不许那样叫我~~~~~~~~~!”

“呵呵，我偏要!”

然后我们就坐在偌大的客厅里看电视。他们家奢侈到电视跟电影屏幕那么大,看起来确是赏心悦目。在我一哭二闹三上吊的策略之下,他被迫投降,无奈地跟高大魁梧如托塔天王般的姚明 say good-bye,陪我看长达 75 张牒的《犬夜叉》。

“How? How?”看至中间,我问他。此刻我已被犬夜叉这只可爱的半妖迷死了!

“没什么感觉。”看来这小子因为我的霸道很不爽。

“其实从某种角度来讲,我觉得你和犬夜叉挺像的。”我找机会表扬他。

“你的意思是说我像狗?”他不悦地看着我问。

“晕!有没有搞错?我这是赞美你啊!狗?你见过这么可爱的狗吗?难道你觉得不好看吗??”我凶巴巴地说。

“嗯~,其实《犬夜叉》真的不错,我对它视而不见的态度是对一部优秀作品的亵渎,是无视制作人员辛勤汗水的卑鄙行为,更是辜负了老婆你的一片苦心!我是罪人!但是……能不能赶紧转回电视,说不定还能抓住球赛的尾巴!”

“NO!”我的态度很强硬。

“那么,你用‘是’或‘不是’回答我两个问题好吗?”他说。

“好啊!”又想要什么花招!怕你不成?

“问题一:如果我的第二个问题是‘你同意转回电视吗?’你的答案是不是和这一题的答案一样呢?”

“……”

什么东西啊?竟然敢挖好了陷阱等我跳!

“回答啊!”他狡猾地看着我。

“答什么答!你不知道我是文盲吗?这种脑筋急转弯的题我当然

文见147页

文见186页

不会啦。你也不必多费口舌，来，坐下来继续看吧！”我才不管那是什么东东呢，哈哈。

卢佳逸目瞪口呆，他一定没想到我是这种蛮横派的女人。哼！谁叫他这么说我的犬夜叉。最终还是他妥协，陪着我继续盯着屏幕上那只可爱的小狗，呵呵。

（四十）

不知道是不是因为我在图书馆的样子比较刻苦（其实是对着祁恒觉得尴尬），张老师居然要我做新闻社社长！从小到大都是老师特别管辖对象、从来也没当过“官”的我真是受宠若惊！我兴高采烈地回到宿舍，一路上都在盘算如何炫耀一番。

谁知一进门，却看见贾晓很诡异地用报纸挡住脸，像一片落叶那样，坐着一动不动。

“你，没事吧？”我慢慢地走过去。

“还好~。”贾晓的声音有气无力。

“连报纸都拿倒了，应该不是‘还好’吧？”我小心翼翼地说。

“唔哇~~~……”贾晓突然抱住我号啕大哭，吓得我连忙扶住她。事情太突然，我不知该怎样安慰她。

贾晓哭得撕心裂肺、死去活来，好像天塌下来了。

曾经我也见过一次她这个样子。那是因为她爸妈离婚，说来也是六年前的事了。那时候我们才读小学五年级，贾叔叔有外遇的事被妻子知道了，一向强悍的贾阿姨坚决要飞去国外，任贾叔叔如何挽留也不为之所动。以后每年过节她才会回来看看贾晓。所以就是到了现在，贾晓也没原谅她爸爸。还记得那是一个黄昏,我玩到很晚才回家。等我走到门口却看见蹲在那里的贾晓。我过去叫她的时候,她已经冷得直发抖,一双泪汪汪的眼睛无助地看着我,然后就扑过来像现在一样抱着我哭。我当时愣愣地站了一个多小时没敢动,只知道不停地说:“你别哭了,求你别哭了!”

事过境迁,再遇到这样的情景,没想到我还是如此不知所措。但这次我想我是知道原因的——贾晓她失恋了!

“你们,发生什么事了吧!”过了很久,我见她稳定下来才问。

“分手了……应该说他把我甩了!”贾晓自嘲地说。

“你~也知道和他是不会有结局的不是吗?你们已经爱过,这样就够了。”

“如果这样我会毫无遗憾。可事实是他可能从来没有爱过我!”

“你怎么知道?”

“直觉!”贾晓的表情坦然。

“……”我相信直觉,就像我现在终于能肯定祁恒是喜欢我的,只是这种喜欢也许有时间性,也许不及对旋惠的那么多。既然他可以因为一时兴起而吻我,可以不跟旋惠解释,那么,只能说他喜欢谁都不会多过他自己。

“我想把整件事都告诉你,我快不堪重负了……他叫林羽锋,是个知名的画家。也许搞艺术的人天生就是追求浪漫的情种吧。”贾晓两手托住腮,虚弱地朝我微笑。

“我很想听……”我心里酸酸的,好想帮她分担一些痛苦。

“我去报名的时候看到了他的画,凝重的笔触,极端的色彩,有一种说不出的魅力——危险的魅力。他成了我的老师。第一次见面时有

点失望，他相貌平平，和普通人没什么两样。但慢慢地我发现，他的身上总透着一种忧郁，是那种忧郁成就了他的艺术。不用看他的画，看他画画的眼神我就知道。有一次，他让我们自由画肖像，我也不知道怎么了就画了他的样子交上去。后来别人的画都被批阅过发了下来，惟独我的没有。放学的时候有同学来说他叫我去他的办公室。我很紧张地站在外面透过玻璃门往里看，他背对着我站在窗前，手里正拿着我的画认真地看。我进去后他把画递还给我，只是说：'还可以，就是线条的力度不够。'后来他又带我们出去写生，画一块石头，他来回走动给我们指点。我的石头越画越像一个人的脸，他走到我身后站了一会，什么也没说就走开了。那天很不巧地下了大雨，我因为跑到山顶玩离了队，被雨淋得全湿了。没想到他居然爬到山顶来找我，当时……当时情感凌驾于理智之上，我不顾一切地奔过去，抱住他。他不说话，只是竭力地阻止我。我却死不放手，他最后终于软下来紧紧地抱住我。雨很凉，但他的身体很灼热……"贾晓凝视着我的手指，平静地叙说，脸上荡漾着微笑。

"你们是从那时候开始在一起的？"我轻声问。

"嗯，以后我们就经常在一起。他告诉我他有妻子和女儿。他说他不会离婚。我笑了，我说我并不想嫁给他。我们一直都很轻松很快乐。可是，前天他一声不吭辞职了。今天上午我就跑去他家找他。是她妻子开的门。我居然一直都不知道，他的妻子是那么美丽而温柔。在她面前我羞愧得不得了。更不可思议的是，她竟然知道我，还从书房里拿出了一幅画给我看。画上是我淋雨后的样子，林羽锋的笔感回旋于纸上。我马上高兴地拿过来仔细观察。她却又摆出了另外的几幅画，同样的笔感，不一样的年轻女孩的形象。然后我明白了：林羽锋爱的只不过是我身上新鲜的气息！可是没有一个女人能够永远令他觉得新鲜，所以他才不断地画，为的就是抓住美丽的瞬间，让它鲜活地跃于纸上。我问他妻子，为什么可以忍受，她笑着说因为她爱他，这是爱他的代价，爱上一个艺术家就必须接受他的艺术气质。我说我没有她那么广阔的胸襟，从今天起她少了一个对手。然后我就离开了。其实我知道自己根本不是她的对手，我只是林羽锋的玩物罢了。他真正爱的只有他妻子，所以她的忍耐值得。他也许并不想这么滥情，但画家永远需要灵感——这或许可以算是理由。到报名室领退学费时，我碰到一个十六七岁的女孩，她看着林羽锋的作品，那眼神和我当初的一模一样！真的一模一样……"

贾晓将头深深地埋下，手使劲拽着牛仔裤，双肩像窗外风中泛着银光的梧桐树颤抖不已。我搂住她的肩，不再说话。

当时我并不知道这件事给贾晓所带来的伤害是无法弥补的，天真地以为事情过去了就会好的。可是我错了，我没想到从那天以后就再也看不到从前的贾晓了。

爱情有时候就是恶魔，可以完全吞噬人的快乐！

这件事本没有第三个人知道，可居然被恶意地写在了新闻社的专用宣传栏上。可想而知，这段不伦之恋引起了不小的骚动，评论有褒有贬。可以肯定的是，这一定给贾晓带来了很大的打击！而且这件事并不单纯。如今我是新闻社社长，此时又正是新闻社竞选进入学生会期间。很明显有人故意挑拨我和贾晓的关系！而且这个人对我还有一定的了解，至少 tā 清楚贾晓知道我喜欢祁恒，如果新闻社竞选成功的话我便可以天天在学生会看到他。好阴险，用这种卑鄙的手段！没想到

身边居然有这种人!

我心急火燎地赶到宿舍。贾晓出奇地平静,脸上毫无表情。旋惠陪在她身边。

"贾晓,我……"我正要解释,她却立刻打断我的话:"那个人真笨,用这种蠢办法! tā 一点也不了解我们,tā 不知道你是绝对不会这么做的!"她的语气很肯定,但眼神里却闪烁着猜疑。她看着我,害怕从我脸上看出破绽。

这种眼神让我恍惚,心空荡荡地往下落。她是在怀疑我吗? 我一直以为她很了解我,甚至比我还要了解我自己。可原来不是的,她竟然无法分辨我会不会做这种事。你知道那是什么感觉吗? 一种亢长的绝望,久久不能平息,那是只有你在乎的人才能给予你的伤害!

"好过分! 一定要查出来!"旋惠愤愤地说。

"可能是花溪。"虽然不想怀疑她,可我心情不好,想不出其他人。

"应该不是,她不可能会知道这件事。连我都不知道!"旋惠分析说。

"贾晓,你认为呢?"我看着她问。

"不知道~。我累了,想睡会。"贾晓把身子滑到被子里。

她在逃避我的问题。她知道我生气了!

有人敲门。

我开门,黄然扶门而立。

"你怎么来了?"我问。

"来恭喜你的啊! 新闻社进入学生会了,我们都有奖学金可以拿的(她是副社长)!"黄然显得很兴奋,声音很大。贾晓也听到了,我回头,刚好看见她的肩膀抖了一下。

“我不稀罕,我会辞职的。”我冷冷地对她说。其实我是说给贾晓听的,我要让她知道她的怀疑有多么可笑。难道只因为失去爱情就认定世上没有可以相信的人了吗?那个人对她来说真的就是全世界吗?以致她认为自己还拥有的其他的所有的东西,无论多么美丽,全都失去了意义,可以毫不在意地拿来祭奠那逝去的爱情?

“啊!”黄然看到贾晓的时候很惊讶,她也很后悔刚才的话。看来她并不知道我和贾晓是一个宿舍的。

“你来得正好,我有话问你。”我带上门拉黄然出来。

“你怎么没告诉我你和她住一个宿舍?哎呀,真是的,你害死我了!”黄然小声抱怨。

“你知道那条消息是谁贴的吗?”我问她。

“不是你吗?我以为是你啊!”黄然惊诧地问。

“为什么会是我?”我很生气。

“因为,因为除了社长外别人不可以擅自张贴的啊!”黄然理所当然地看着我。

“不是我,我没有!”我愤慨地嚷道。

“你吼我干吗?我也不知道啊!莫名其妙!”黄然根本不理解,只觉得我在发她脾气。

以后的日子,贾晓慢慢变得沉默、稳重起来,似乎一夜之间改掉了所有的劣根性。那个大大咧咧的她就此消失了,跟着消失的还有曾经绚烂的笑。

记得卢佳逸说过,爱情是成长道路上最好的催化剂。那这就是成长吗?而那些随之消逝的纯真便是成长的代价吗?

现在我才明白,成长就像青藤,会悄悄地沿墙而上,静静地开出忧伤而卷曲的绿叶。

(四十一)

我向学校申请了很多次,提出不再做新闻社社长,态度很坚决。张老师很诧异,她说:“这事学校也在调查。并没有人肯定说是你啊!你是不是太敏感了?”她当然不会明白。对她来说是不是我发布的消息根本就不重要,她关心的只是新闻社有没有被选上学生会。

“你没必要这么做。难道你认为我在怀疑你吗?”贾晓问我。

“当然不是,我只是不想让别人以为我是见利忘义的人。”

贾晓没再说什么。她一定很失望,原来我想退出不是为了她而是为了我自己。那一刻我们彼此都沉默了,也许都在等着对方说些什么,解释也好,安慰也好。可谁也没有先开口。这是第一次我和她之间有了一条裂缝,无声地横在那里。

那天下午我去找卢佳逸。我开始习惯把不开心的事告诉他,他每次都能分析得很有道理。我总纳闷如此聪明的他为什么就是成绩不好呢?

“你觉得我是个什么样的人?”我问他。

“你啊,倔强、固执、没安全感!”他吃一口碗里的饭说。(怎么好像全是缺点?)

“那你认为我是个值得信任的人吗?”我抢过他的饭来吃。

“……贾晓是你的好朋友。”他似乎明白了我问这些话的用意。

“可她却在怀疑我!”我忧心忡忡地道。

“她这么说了吗?”他问。

“我看出来的。”

“友谊的深浅不在于你对你朋友欣赏到什么程度,而在于你对她的弱点忍受到什么程度。她现在应该是最脆弱的时候,可你却在计较这些。”

“你这么说就是我的不对了?一个跟你一起生活十几年的朋友居然无法分辨你会不会出卖他,换作是你,你还能说得这么轻松吗?”我有点激动。

他却突然温柔地笑了,幽幽地说:“你这么生气,是因为你在乎她!”

我没反驳,我是在乎贾晓的。其实我不是怪她,我只是害怕,怕她受伤,怕她不快乐,怕她的改变会让自己手足无措。

贾叔叔来学校看望贾晓的时候,被她温和的态度感动得一塌糊涂。他大概觉得自己的女儿终于懂事了,可他却不知道她离快乐也越来越远了。

两个星期后贾晓答应了石斑鱼。她说他的肩膀很厚实,她还说这种俗气的快乐、踏实的浪漫比较适合她。

我一直在想,如果当初并没有赞成她和林羽锋,她的生活会不同吗?我很内疚,我不知道自己当时支持她是否正确,许多年后的今天仍然不知道,也许永远不会知道。

在兜兜转转一个多月后,学校方面终于有了裁定。我需要继续担任新闻社社长,直到下学期重新选举。我没再争辩,事情都过去这么久,再坚持也没有什么意思。我开始到学生会工作,差不多天天都能够见到祁恒。人群中,他总能淡定自若,微笑着应对。我不动声色地坐在最后排,在他的锋芒毕露下保持沉默。他有时会突然回头问我:"于子非,你有意见吗?"然后看着我在众目睽睽下狼狈地摇摇头后邪气地笑。我绝对承认他有担任学生会主席的资格,但我也认为他没有优等生该有的矜持。

(四十二)

一个平常的周四。下午第二节课下课后,我在老师的催促下去了一趟图书馆,因此发现了一个天大的秘密!

本来休息时间一般人是不能进来的,豆腐脸居然和历史老师在里面!! 孤男寡女的,怪不得我会想入非非! 豆腐脸看到我的时候很惊讶,眼睛瞪得老大,历史小阿哥则尴尬得说不出话。

"你怎么在这?"她的语气很不友善。

"我,我~……"我不知道该说什么,因为我比她还惊讶!

整个图书室的气氛变得紧张起来。

"丁零零……"预备铃及时地打破了尴尬,历史小阿哥上课去了。

"如果你告诉别人,我绝对不会饶过你!"豆腐脸恶狠狠地威胁我。

"我没那个兴趣去管别人的事。"我毫不示弱,走到里面去找需要的书。

"那你是不会说啦?"她软硬兼施。真难得可以听到她对敌人低声下气地说话。谁叫她被我抓到小尾巴,哈哈。

"嗯。"我答应。

“你要守信用!”她提醒我。

我没理她。我突然想到这次给我栽赃的人可能就是她!

“如果你说出去,他会被开除的!”她忧郁地说道。我还是第一次看到她这种多愁善感的样子。也许左昕是对的,她的本性并不坏。

“你放心吧,我不会。”我不是那种公报私仇的人。

“嗯。”她应了一声,然后出去了。

以前听过一句话,女孩在遇到心爱的人后会变得温柔。看着她的背影,我在想,爱情真的能够这么容易改变一个人吗?也许它就是有这种魔力吧?

发生了这么多足以让我抓狂的事,但老天爷似乎还嫌不够。我以前想的没错,如今我得到的幸福是连上天都会妒恨的!命运的红蔷薇绽放在看不见的花园里,花瓣舒展启合,逃不开,躲不掉,一波带动一波,终于带来一场毁灭性的风暴。

而藉由这场风暴我也终于知道了那个三番两次想陷害我的人是谁。

记得那天下了那个冬天的第一场雪,细碎的雪花充斥着整个天际,很美很美。而我的心却像玻璃一样,随着刺耳尖锐的微微响声,在瞬间支离破碎。

死寂般的沉默。所有人都沉默着,只有我一个人还一无所知。不在沉默中爆发,就在沉默中灭亡。终于旋惠在沉默中爆发了。

“你为什么要这么做?”她对我歇斯底里地叫喊。

我无语,看着眼前判若两人的她,我已失去语言的能力。我愕然地站在那里,孤立无援。

“我给你机会了，我真的给了，可你让我太失望了！”她表情纠结地看着我，“我知道你喜欢祁恒，很早就知道，你的眼睛出卖了你。只是我没有想到你会为了留在学生会而宁可伤害他，你知道这件事被学校知道的后果吗？他们会被记过的，祁恒更会被开除的！难道你就是这样爱他的吗？”

“……如果想陷害我，至少要让我知道事情的经过。”我心里暗暗吃惊于她的城府之深，面上却漠然地看着她，因为我根本不知道她在说什么。

“陷害？你敢说他们打架的事不是你贴在新闻栏上的吗？这件事从头到尾一共只有七个人知道！我亲眼看见你上午偷偷把一张海报大小的纸张从新闻社的门缝塞进去，难道你能否认吗？你身为新闻社的社长明明有钥匙，为什么还要鬼鬼祟祟的？我当时并不想怀疑你，可怎么这么巧，就在下午他们的事被贴了出来！？你还有什么要解释的？”看到她一副痛心疾首、义正词严的样子，我真是鄙视她。甚至连这件事被刊登出来我都还不知道，她居然就一口咬定是我做的！呵，真是好笑！我无语问苍天。她原来是个天才的演员，根本不给我任何还击的机会。如果不是确定自己没有做过，我说不定也会被她骗倒。

贾晓靠在石斑鱼肩上，目光飘忽不定，就快落下泪来，似乎受了很大的打击。呵，看来她真的相信了旋惠的话，顺便更可以认为上次出卖她的人就是我了。石斑鱼死死地盯着我，眼神里充满了责备。OMI低着头，一向多话的他也沉默了。祁恒面无表情，只深深地看了我一眼。而卢佳逸也只是若有所思地看着我。混蛋卢佳逸，难道连你都不相信我吗？这时旋惠已结束了她的表演，蹲在地上嘤嘤地哭起来。

我没有辩解，默默地接受这一切。我知道再说什么都没用，只能越描越黑。呆了一会,我独自离开了。

那是深感恐惧的一刻,所有人都离我而去。多年以后,我还是会不断想起那个瞬间。我在大家怀疑、审视的目光中慢慢地向门口走去,外面的天空明净如水,而我的背后是一片死寂的黑暗。我所有的自尊和骄傲在那一刻无声地崩溃。

天空飘着雪,我裹紧厚厚的冬衣走在街上。一片雪花落在鼻尖上,融化,带来一丝凉意。我突然就哭了,眼泪在寒风中寂寞地流淌,整颗心像浸在水里一样难受。原来我一直都是一个人。

突然,后面有人抱住我,我挣脱开,没有回头。

他再次拥我入怀……

我转身抱住他,紧紧地抱住,不让他呼吸。

"你们为什么不相信我!! 为什么??"我歇斯底里地哭喊,泪如泉涌。

"我相信你!"卢佳逸温柔的声音响在耳际。

"骗人! 你刚才为什么不这么说!?"我推开他。

"对不起!"他又抱我。

没关系,没关系的,卢佳逸,谢谢你,谢谢你相信我! 在这个时候也只有你还留在我身边! 我也轻轻抱住他,把头埋在他怀里。

"你为什么不相信旋惠的话? 她的演技很好。"我说。

"我不认为你有她说的那么聪明。"他吻我。

"你知道吗? 刚才那种感觉,就好像~偶然拐进一条暗巷,在毫无征兆的情况下被好多把白晃晃的西瓜刀从四面八方刷刷砍在身上一样!"我努力形容着。

"简单来说,就是措手不及地被伤害。"他笑着解释。

“你还笑！喂，卢佳逸，你真的会一直陪在我身边吗?”我终于向他开口要承诺。

“你希望我一直陪在你身边吗?”他反问。

“嗯。”这样深情地看着眼前这个漂亮的男孩，我能肯定我真的爱上他了。

“那么，一辈子！”

一句诺言往往要用一辈子来承担。我知道他会遵守这个承诺，并且能做得很好。可是，最后我却自己放弃了它。

“你爱我吗?”我问他，我突然好想听他说爱我。

“爱。”

“有多爱？这么多?”我用两手比划。

“世界上最笨的人笨到了爱一个人爱得不知道如何是好——这个人就是我。”

“是~吗？那，一辈子那么长，我们要怎么过?”我笑着挑逗他。

“你会坐在微风中的藤椅上吃冰激凌，尽情地做梦。让我来养你。”他牵起我的手。

“咦~~，不要，我来养你！”

“那说定了！”

“不行，太便宜你了！”

“不便宜，我不是要负责每天陪你睡觉嘛！”

“大色狼！”

“你知道我想要的幸福是怎样的吗?”卢佳逸问我。

“什么样?”我看着他。

“嗯~，就是那种你半夜里会把我踢醒，说：‘老公，帮我去上厕所！’”

“哈哈，不会吧？你 BT 啊！”

“你开口闭口就是变态，哪有那么多态可变啊！”

“哈哈~，拜托你不要这么幽默好不好？哈哈~……”

（四十三）

卢佳逸把我送回宿舍后，说要陪陪我，我说想自己静一静，他才离开。两个小时过去了，贾晓没有回，旋惠也没有回，她们说不定再也不会回来了吧？但永远不回总是不可能的，她们的行李还都在这里。好奇怪，我一句一个她们的，好像我和贾晓已不再是“我们”。

又过了一个小时后旋惠推门进来了，我躺在床上佯装没看见，拿起一本杂志来翻。贾晓还没有回来，看来她们没在一起。我本以为旋惠会跟我说些什么，讽刺也好，挑衅也好，可是她却始终一言不发，不紧不慢地清理衣服、书本，脸上没有任何表情，似乎心里在盘算着什么。我甚至开始怀疑她到底有没有看见我躺在这里！

“你成功了！”我忍不住先开口。

她没有丝毫反应，像聋子一样，继续清理东西。

“你干什么？要走？”我注意到她开始把东西打包。

她仍不说话。

“呵，你还真会装腔作势啊！是不是想拉着贾晓离开我？告诉她不要跟我这种阴险的人住在一起啊？”我很愤怒。她想夺走我的一切，包括贾晓。

她还是不说话。

“你为什么要这么做？亏我还一直把你当朋友！上次找人打我的也是你吧？真狠毒！我承认我是喜欢过祁恒，可我现在已经有卢佳逸了，我不会去招惹他。他爱的是你不是我。可我现在才知道他爱上了一个蛇蝎心肠的女人！”我怒吼。

这次她终于有了点反应，拿着衣服的手微微颤抖一下，但还是没说话。

半晌，她停下手，说：“我已经转学了。”

“什么？”我惊讶不已。原来她清行李是准备离开学校！

她把目光停留在我脸上足有10秒后凄然道：“我骗不了祁恒，我早该猜到。”

这么说，祁恒知道我没有做了？心里突然有一丝雀跃：原来他相信我！

“所以你要转学？”我问，心里有点失落。我们怎么会搞成这样！？

“我没有对不起你，是你对不起我。你勾引自己朋友的男朋友，你明明知道他对我有多重要，可你还是要抢走他！”旋惠冷漠地看着我。

她说得没错，是我先对不起她的。这一切如果不是因为我的任性妄为就不会发生了。我根本没有资格怪她，我自己也是罪人！

“对不起！”我是真心地想跟她道歉，毕竟我骗了她这么久，“你先别转学，也许有其他更好的解决办法呢？”

她看着我，冷笑说：“你太自大了！你觉得自己上岸了，就能做件善事来显示自己心胸宽广？就能升上上帝的宝座来怜悯我？”

我哑然。我没想到她会这么说。这比讽刺可怕，因为也许她说的对，我真的怀着这种心态。

“你很自私，你并不是真的想帮我，只是不希望自己以后想起来觉得不安罢了！你期望这件事结束得完美些，期望自己能做到仁至义尽，这样就不会遗憾，不会自责了。不过很可惜，我旋惠这辈子最恨别人的施舍！我受够了，受够了!!”她胸膛痉挛地起伏着，脸上扭曲成愤怒的表情，心里一定是把我祖宗十八代都翻了身了。

1分钟后她拎起行李快步走向门口，抬手打开门闩，又停住，迅速地转身看我。她似乎犹豫着想说什么，但最终还是放弃了。她再次转身，我叫住她。

“走前让我抱抱你，可以吗？”我是真的好想抱抱她，毕竟我们曾经在一个屋檐下度过了一段快乐的时光。虽然这段时光就要结束了，但记忆会留下来，为它涂抹永恒的光辉。旋惠，对不起，做过的事情我无法否认，如你所说，我真的是个自私的人。

她的表情有一点惊讶，但马上转变为愤怒：“我不想抱祁恒抱过的女人！遇到你，是我这辈子最大的失败！”说完，她就从门边消失了，永远地消失了。（多年以后，才有过一次她的消息，说她在巴塔哥尼亚结婚了。希望是真的，希望那片大脚平原能带给她真正的幸福。）

旋惠走后，我木讷地躺在床上，感觉宿舍突然冷清了很多。我蜷着身子等贾晓，我突然很想她。

又过了一个多小时，贾晓才回来。

“子菲，对不起，我不该怀疑你。”她终于承认自己错怪了我。

“没关系！”我抱住她，“你应该相信我的。”

“嗯……”贾晓伏在我肩上嘤嘤地哭起来，“我好怕，好怕会失去你，我已经不能再失去什么了！”她抱紧我。我轻拍她的背安慰她。原来我们都是不够坚强的女子。

“旋惠走了。”我告诉她。

“……她很可怜,你知道你走后她看祁恒的眼神吗?那么无助、绝望,可祁恒他,他太冷漠了。子菲,你别怪旋惠,她和我一样,只是个被男人欺骗的可悲的女人。”贾晓的语气有种同是天涯沦落人的苍凉。

“祁恒怎么骗她了?”我不解。

“他根本就不爱她。”

“你怎么知道?”不对,祁恒是爱旋惠的,我知道!

“你知道卢佳逸追你出去以后祁恒说了什么吗?他说:‘旋惠,够了,我们分手吧!’他的眼神是那么坚定,没有留恋,甚至没有愤怒。爱一个人是不会这样的。”

我没有接话。她不明白祁恒爱一个人的方式。旋惠能为了他去说谎,去不惜伤害别人,这份爱便已不再单纯。太强烈的爱他会负担不了,他给不了她更多,所以他放弃。一个有足够耐心又懂得如何抽身的女子才适合他。

在爱情面前,给得多的那个永远是输者。祁恒的爱情需要给彼此留余地,两人势均力敌才能维持长久的关系。在这方面旋惠不是他的对手,我也不是。

第二天没课,贾晓和石斑鱼一大早就出去了。

我没有打电话给卢佳逸,想自己待一会。我到街上闲逛,买了两张CD。走出店来,天空不知什么时候下起了小毛毛雨。看见有人摆摊卖金鱼,我一时兴起买了几条,然后带着它们回了学校。

中午的校园很安静,空无一人。我独自在细雨中漫步。

走过篮球场的时候,我看见祁恒正在打球。这还是我第一次看到他在这所学校里打球。

我正奇怪他为什么不去吃饭,他一言不发地把球传给我。

“啊!”我本能地一挡。球的劲道有些大了,我的指尖出了点血,直往外涌,但不疼。我紧紧地捂住受伤的手指,看着祁恒慢慢走近。

“你没事吧。”他平静地说。

我轻轻摇头,把装着金鱼的塑料袋递给他。

“干什么?”他没有接。

“金鱼比较适合冷血的人养。”

“我冷血吗?”他接过塑料袋。

“你会一个星期忘了给它喂食。”我看着他。

“呵,那样不会死吗?”他笑,把它们提高到眼前仔细看了看。细细的雨珠粘着他的头发。

“不会,它们只会撑死。所以我很放心你来养。”(如果给卢佳逸来养,它们一定看不到明天的太阳!)

他望着手里的金鱼,眼神黯淡,低声说:“养在鱼缸里的金鱼,生命的意义本来就是死亡。”然后便沉默。我们的身上都已被雨水打湿。

“女孩的眼泪不会把人淋个透湿,雨却可以。”我说。

他还是不出声。

“旋惠转学了。”我直入主题。

“我知道。”他走到旁边的看台坐下。

“你想她走吗?”我也过去坐下。

“想不想都不重要了,她已经走了。”他淡淡地答道。

“是因为我,事情才弄成这样。”我低声说。

“这是迟早的事。”他喝水。

“你喜欢她吗?”虽然很肯定他喜欢她,但我从来没问过他这个问

题。

“……喜欢过的。”他说。

喜欢过？那就是现在不喜欢了？难道这才是他提出分手的主要原因??

“你知道旋惠的背部有很大一片烫伤吗?”祁恒突然问。

我睁大眼睛看着他。我真的一点也不知道,旋惠有烫伤?? 他怎么知道,难道他看过吗?

“初二的时候,有一天她突然跑来问我,介不介意一个有烫伤的女孩做女朋友。我很惊讶,可以想像她是费了多大的勇气才来的。就那一刻,我真的是喜欢上她了,所以我告诉她,我不介意。”祁恒的眼神迷离,似乎沉浸在回忆里。祁恒是很少会跟我说这么多话的,他现在一定也很难过吧!

“然后你们就在一起,直到昨天?”眼下这段马拉松式的恋爱真的就这么结束了。

“……”

滴答滴滴答~~(我的手机)

“喂?”

“老婆!”

“哦,是你啊!”我就该猜到是他。

“什么是我啊！你不看来电显示的吗?”

“忙着接,忘了看。”

“这么说你是在等我的电话啦!?”他似乎很高兴。

“嗯,对啊!”其实是铃声突然响把我吓到了。

“你现在在哪?”

“你~呢?”我本来是想说在外面的,又怕他是在学校,等会碰到了。

“我在外面有点事。你在哪?”

“我也在外面。”我撒谎。

“撒谎!我本来想问你心情好些了没,看来还死不了。那,再见。”他说完就“啪”地挂了线。

他怎么知道我撒谎?我环顾四周,没半个人影啊!再打过去,他居然关机了。糟糕!怎么办?我突然很害怕,害怕卢佳逸会不理我。就在那一刻,这个从未让我牵肠挂肚过的男孩,第一次让我感受到了他在我心中的分量!

“我有点事,先走了!”我跟祁恒打了招呼就匆匆离开了。对现在的我来说,卢佳逸才是最重要的!

我几乎把学校给翻了过来,他的宿舍、图书馆、教室,全找过了,没一个人知道他到哪去了。手机也不开!混蛋,想急死我吗??在经过长达两小时的大搜索后,我终于奄奄一息。垂头丧气地回到宿舍,却意外地发现了放在门口的一大束玫瑰,真的是一大束——至少有300朵!新鲜的黄玫瑰,很漂亮!我的精神头马上又回来了。这一定是卢佳逸送的!咦?上面有张卡片:

柔柔细雨天地间,万家灯火映窗前。

孤灯伏案为何事?只盼老婆展笑颜!

“这个傻瓜!”我喉咙哽咽,一股暖流荡漾于心。

“谁傻瓜啊!”蓦然,后面有人抱住我,我感觉到背后传来的体温和在我耳边呼出的热气。

我没有动,这种熟悉的拥抱姿势不会是别人,我轻轻地抬手握住他的胳膊。

"你刚才为什么挂我的电话?"我问他。

"我看见你和祁恒在一起。"他轻声答。

"生气了?"

"下次再想和他单独在一起别瞒着我,让我偶尔吃点醋也不错啊!"他调皮地说。

我使劲点头:"没问题,一定让你如愿!"

"很漂亮,我喜欢黄玫瑰!"我抱起那大束花说。

"嗯,你抱着花的样子很好看。"真难得他会称赞我。

"是不是像个天使?"我马上往自己脸上贴金。

"不像。"他答得很快。

"为什么?"什么嘛!一点情趣也不懂,夸夸我会死吗?

"真正的天使是光着身子的,你没看电视吗?"他揶揄我。

"滚开,大色狼!!"我骂他。

"好了好了,我错了。别生气了。"他连忙认错。

"那好,你得回答我一个问题。"

"什么问题?"

"你到底喜欢我什么?"这是我一直都想知道的,自己究竟有什么地方能够让他这么死心塌地地喜欢呢?

"嗯,这个嘛~,我喜欢全部,连同犄角旮旯和顶梁柱!"他狡猾地坏笑。

"骗人!"我嘴里埋怨,心里却乐开了花。

女人最会的就是口是心非,这是谁说的?

（四十四）

记得曾有人说过，一只蝴蝶轻轻地扇动翅膀就能引起一场风暴。也许世界就是微妙到了这种地步。就在我以为一切都已成过去，前途不再暧昧不明，终于可以看清一点未来的轮廓时，上天却作了一个小小的决定，蝴蝶的鳞片便开始在风的狂野中起舞，使我的世界起了翻天覆地的变化。

所谓命运，据萨特说，就是一种偶然的事实，其偶然性在于它的不可把握，而事实性，则在于它总是以一种不可改变的必然性存在着。

那是个天花板泛红的下午，我接到一个神秘的电话，一个自称是韩律师的人说要和我谈一谈。

“对不起，我迟到了！”我应约到学校外面的冷饮店见面。

“没关系，请坐。”韩律师40岁左右的样子，表情严肃，脸上带着法官的神圣。

“嗯……请问您找我有什么事吗?”我有种很不好的预感。一个律师平白无故地找上你，绝不会是电视剧里继承远房亲戚遗产之类的好事。

“在说之前，希望你能做好心理准备。另外，我现在所说的话绝对属实，我是中亚南律师事务所的律师。”他递给我一张名片。

“哦，那~ 你来找我是有人委托的? 是好事还是坏事啊?”我接过名片，有些坐立不安——居然要我做好心理准备！

“这个，要看你是怎么看待这件事的，不是所有事物都能用好与坏来判断。不过，这件事非同小可，希望你能冷静地听我说完再作决定。”

"我明白了,你说吧。"我吸口可乐。

"你今年 18 岁吧?"他问。

"嗯。"我回答。

"18 年前你妈妈在红德医院生下了你。"

"……" 他说这些干什么? 难道有什么问题吗?

"而当时还有另一位产妇也在那里,她就是你现在的'妈妈'何玉芬。"

我猛抬头惊愕地瞪住他,喉咙仿佛塞满万根铅条,同时感觉身体好像刹那拂满了滚烫的心情,在支撑不住的瞬间穿透心脏狠狠砸到了地上。

"何玉芬难产,生下的孩子因为大脑缺氧不幸夭折了。于天翔害怕妻子接受不了而没有说出实情。他找到了同天生产的李娜。李娜当年的处境很艰难,丈夫刚死于车祸,实在无力抚养自己的女儿。于天翔再三担保会让她女儿受到最好的教育,读最好的学校,李娜终于同意忍痛割爱,把女儿的户口转到了他的名下。而于天翔的要求便是让她不再出现于女儿的生活中,让她做一个与自己女儿毫不相干的人,与你毫不相干的人。"

我双手紧紧握住盛可乐的杯子,低下头,不发一语。事实上,我根本毫无知觉。

"我今天来找你是因为你的生母李娜,她就快永别人世了,希望可以最后见你一面。"

"我不去。"我几乎是没有考虑就脱口而出。

"我知道你一时还无法接受,可是李娜也许过不了今晚,以后再后悔也来不及了。"

“后什么悔？我有事先走了。”我说完夺门而出，在同一秒听到了韩律师的最后一句话：“我会一直等你到7点钟！”

我捧着半根玉米在街上走了整整一下午，泪流满面。我没有去看那个女人，我找不到可以说服自己的理由。既然在十几年前她放弃了我，就不该来找我，不该来搅乱我的生活。爸履行了对她的承诺，真的让我读了最好的学校，可她却想违背约定。她不管我能不能接受，只是不想自己离开人世时留下遗憾。在这方面我和她一样自私，也许这就是血缘。

呵，上帝弄错了，它不该妒恨我的幸福。其实我一直都是灰姑娘，一个衣片上镶满珠花蕾丝的辛德瑞拉，依靠外物来丰富自己的胸膛，想用大把大把挥之不尽的艳丽来掩盖住骨子里的贫贱，装扮眼角昂贵的盛气凌人。就像用法力制造肉身的狐妖，苦心用了十几年的障眼法，还是在顷刻间就被打回原形。脱去这身华袍，我便一贫如洗。原来以前我所拥有的幸福不过是梦幻空花，它们从来就不曾真的属于我！

卢佳逸来电话我都没有接。我突然很想念妈妈，想念她的笑容，想念她烧的菜。你说我不孝也好，说我没心没肺也好，反正我只有一个妈妈，并且我很爱她！

回到家里我只字未提，喝了碗妈妈炖的鸡汤就缠着她一块睡了。妈抱着我，我却觉得她像陌生人，很不自然。

那一个晚上，是最难熬的一个晚上。我背过身子，躺在床上默默地哭了很久，哭着哭着就睡着了。我什么都不要想，我的生活本来很好，那些莫名其妙的人最好统统消失，也许这本来就是一场噩梦，明早起来就什么事都没有了。至于那个韩律师，我以后都不想再见到这个人！

（可是就如韩律师说的，李娜真的在当天晚上过世了，这是我后来

才知道的。以后的每年我都会去她坟前参拜。而今年我拜她的时候却哭了,其实我哭的是自己,这么多年过去了,我还是不能原谅她。)

第二天醒来后,我发现一切都是真实的。我不能当作什么也没发生过,至少要告诉于帆。我决定去找他,他是我最信赖的人。可是以后我还有机会再叫他哥吗?

“哥,昨天有个姓韩的律师来找过我,他~……”

“是韩石吗?”于帆打断我的话。

“不知道,反正姓韩。你认识他?”我很奇怪他的反应。

“中亚南的?”他不答反问。

“他找过你吗!?”姓韩的居然已经和于帆见过面了,混蛋!

“嗯……他昨天晚上来过。”于帆若有所思地点点头。

“他,都说什么了?”我紧张地问。

“……他都告诉我了,但是……”

“你相信了?”我打断他的话,质问道。

“你听我说,我知道这件事你很难接受,但是我也不想再瞒着你了。”于帆走到我旁边坐下。

“什么意思……这么说你很早就知道了!?”我愕然地看着他。

他不说话,似乎在酝酿着如何开口。

“你还记得初三时你的体检表弄丢了的事吗?”他问我。

“记得。”于帆说的是毕业体检表。

“其实是我故意藏起来的。”

“藏?为什么!”难道这和我的身世有关?

“它足以证明你不会是我的亲生妹妹。”虽然也许是事实,但从于帆口里说出这句话还是让我很痛心。

“……”

“可是那时候爸居然拿了一份和我看到的大不相同的体检表回来,还说是不小心被护士插到别的班上去了。”

“你既然早就知道,为什么不告诉我!”我站起来。

“……”

“呵,被自己最信赖的人欺骗,这种滋味还真是不好受。”我自嘲地说。

“你~真的想知道吗?真的想我很早就告诉你?”

我答不上来,我是不想知道。于帆的隐瞒是为了我好,是不想我受到伤害,我又有什么理由责怪他呢?可笑,我到底在气些什么?原来我的命运从头到尾都是一个笑话。

“子菲,这件事对你和我都没有任何改变。相信我,我永远是你哥哥,妈妈也永远是我们的妈妈。”于帆搂住我,轻拍我的背。

“妈她知道吗?”我轻声问。

“不知道。”

“别告诉她好吗?”我仰头恳求于帆。

“嗯。”

“以后再有事要告诉我,你如果再骗我,我就去死!”

“我知道了。”他慢慢放开我。

(四十五)

之后的一个星期我几乎没看见过卢佳逸,不知道他在忙什么。我没有心情管那些,我在忙着装作若无其事。我不打算告诉任何人,无论

是贾晓还是卢佳逸。我想骗过所有的人,又或者只是为了骗过我自己。

人类啊!无论是谁站立在宿命的掌心里,都像一颗渺小无知的棋子。而置身一盘被操纵的棋局,棋子是不该有任何怨言的。

“发什么呆?”

“啊?”我恍惚中抬起头,正好对上卢佳逸关切的眼睛,又赶紧低下头。

“要凉了。”他指了指我面前的美禄。

“哦,没关系!”我慌忙地端起杯子喝上一口。

卢佳逸若有所思地看了看我,但终于什么也没说,起身走到点餐台跟店员说了些什么,再回来坐下。

“我今天有礼物要送你,猜猜是什么?”他突然笑嘻嘻地问我。

“……不会是平底锅之类的吧!?”我紧张地反问,脑子里回忆起上次硬被拉着煮饭的情景,汗!直觉告诉我,如果这家伙要求婚绝不是捧着戒指说些动人的情话,而很可能是高举着平底锅大喊:“Darling,请为我煮一辈子的米饭吧!”

“什么?你想要那东西?”卢佳逸奇怪地看着我。

“不,不,不用了!”我把头摇得跟***拨浪鼓***似的。

“呶,拿去吧!”他不知从哪拿出个红色的大盒子递过来。

嗯~~~,看体积还装不下一只平底锅,再掂掂重量更不可能,是什么呢?我轻轻拆开……

“围巾??”我拿出来在脸上蹭了蹭,很柔软!

“喜欢吗?”卢佳逸急切地问。

“还不错,米黄色挺好看的!”我把围巾围在脖子上打了两个圈。

“喂,你都不觉得有什么奇怪的吗?”卢佳逸的声音听起来似乎不太乐意。

“怎么了?”我取下来仔细观察。哦?? 围巾的一角用浅蓝色的毛线织了个“F”!

“难道说……”我把眼睛瞪得老大,像看妖怪一样看着卢佳逸,“这围巾是你织的???”

“嘿嘿,怎么样,不错吧?”他得意地看着我问。

“那,那个‘F’是我名字的缩写了!?”天啦! 这个单细胞为了我居然学会了织毛线? 难怪前些天难得见到他,他是在昼夜赶工吗? 我感动得几乎说不出话来,只知道一个劲地拽着脖子上这条温暖的围巾。

“那倒不是,‘F’是 Flying 的缩写,跟你没什么关系。”卢佳逸认真地解释。

What? 送我围巾却又说跟我没关系,真是搞笑! 这家伙脑袋秀逗了吗?

“喂! 你自豪吗?”居然还会恬不知耻地问!

“嗯。”虽然他尽力掩饰,可我能确定“F”是我名字的缩写,而不是什么 Flying。这次我是真的觉得挺自豪的! 好奇怪,为什么无论我的心情有多差,只要和他在一起就能够这么轻松呢?

“真的?”我的回答让他有点意外。

“真的,这是第一次。”我浅浅地笑着说。卢佳逸热切地看着我,弄得我一阵心慌,忙端起面前的杯子喝一口。“哇! 怎么会这么烫?”我吃惊地盯着眼前热气袅袅的美禄。

“烫到了? 笨死了! 我刚才给你换了一杯热的你没看见吗? 感冒刚好,应该喝点热东西,总爱吃冷的,对身体有什么好处……”卢佳逸喋

喋不休着。

“知道了,知道了!”我用双手捂住杯子,让热量通过手心传到身体的每个细胞,心里甜滋滋的。卢佳逸也把手伸过来,覆盖住我的。原来他的手这么大这么漂亮,以前都没仔细观察过。他的手指笔直而修长,像极了《蓝色生死恋》里宋承宪那双因终日摩挲洁白的画纸、尝试调配各种颜色而变得有灵气的双手。

“你为什么没想过学画画?”我突然问。

“画画?”卢佳逸一头雾水。

“对,画画!”我强调。

这次他没再反问,而是低头沉默了一会,然后抬起头,缓缓地说:“因为我害怕自己会像凡高那样疯狂地爱上一个人,比如你。”

我怔了怔,狠狠地咬着嘴唇,对他说:“卢佳逸,不管你信不信,也不管下一秒会怎样,我现在只想依靠在你怀里,什么也不听,什么也不想。只想在你怀里,永远永远也不离开!”

(四十六)

可惜上帝并没有听到我的祈愿。不管我们愿不愿意,时间都在继续,地球不会为了谁而停止转动。前一秒还是承诺,到了下一秒也许就成了谎言。

两天后的下午,于帆到学校来找我。

“你今天的课结束了吧?那跟我一起来。”于帆拉住我。

“什么事?”我踌躇不前。

“到车上我再跟你解释。你不是说过吗?不想我有事瞒你。”

我轻轻地点了点头。

他今天开车不像平时那么平稳。

“哥,到底什么事?”我急切地问。

“韩石又告诉我了另一件事,关于妈的。”于帆平静地答。

“什么?”

“我~也许有一个同母异父的弟弟。”他说这话时还是很平静,日理万机的工作已经把他磨练得临危不乱。

“什么?你是说妈曾经和别的男人生过孩子!?”我虽然惊愕但没有过于激烈的反应,不断的打击和现实也已把我磨练得麻木不仁。

“那个孩子被一个叫王雨晴的女人带大,我们现在就是去找她。”

我们和王雨晴见面的地方是文景路一间不起眼的茶餐厅,而她便是在这店里打工的一个不起眼的中年女人。她盘着又干又硬的花饰头,抽着“长庆”的劣质香烟,穿一件不符合她年龄的亮黄色外套,是一眼就可看出简陋的做工和芜杂的线头那种。她跷腿坐着,身上混合着廉价香水、食物和烟草的气味。

“你是谁?”王雨晴打量于帆一番后没好气地问。

“你好,我叫于帆。”于帆朝她伸出手。

“哪个于帆?我不认识,你找错人了吧?”王雨晴没接,有些不耐烦了。

“你认识何玉芬吗?”于帆问。

“何~玉~芬!!”王雨晴的表情显然很震惊,应该很久没人提到这个令她敏感的名字了。

“对,我是她的儿子于帆,这是我妹妹于子菲。”于帆把我从他身后拖出来。

“你,你~ 是~ 于帆!?”王雨晴睁大眼睛盯着于帆,嘴唇因为激动而颤抖着。

“你认识我?”于帆问。

“当然认识! 都长这么大了! ……呵,我真糊涂,都19年了,怎么会不长大呢! 一晃就是19年,19年啊~ ,就像昨天一样~ 。”王雨晴激动地自言自语。

“你好,我是于子菲~ 。”我把后面要说的话在喉咙边给堵了回去。我该怎么介绍自己? 何玉芬的女儿? 或是养女?

“哦,你……”没想到王雨晴的反应更奇怪,在看到我的瞬间居然语塞。她目不转睛地盯住我的脸,弄得我浑身不自在。

“你,没事吧!”于帆奇怪地问她。

“哦,没事没事~ 。”王雨晴急忙移开停留在我脸上的目光,但不一会又抬头看我,嘴里呢喃着:“作孽~ ,真是作孽啊~ 。”虽然她的声音很小,可我还是听见了。什么作孽? 她在说什么? 莫名其妙!

“我今天来,就是希望你能把关于妈妈和……弟~ 弟的所有事都告诉我。”于帆和我在她对面坐下来。

“玉芬,她还好吗?”她幽幽地问。

“她很好,多谢你的关心。”于帆礼貌地回答。

她点燃一支烟,猛地吸一下才缓缓开口。

“我和玉芬是在云南认识的,接受贫下中农再教育的时候我们编在一个连。那时候玉芬和于天翔,也就是你们的爸爸已经结婚,第二年就生下了你。你爸爸向连里申请让玉芬到山上去教书,想减轻她的负担好养养身子。于是我和玉芬两人就上了山,这样她和你爸爸就很少能见面了。山上另有一个男教师,叫张涛,他很喜欢玉芬,明知她早已和你爸爸结婚还是追求她。因为这件事你爸爸误会了玉芬,两人大吵了一架。那个狗东西趁玉芬心情不好使劲怂恿她喝酒,乘机……玷污了她。事后玉芬很后悔,非要自杀。我拦住她,劝她,谁都会犯错,难道因为一次错就非得死吗?一个星期以后我们就申请回到了连里,一切正常。可两个月后玉芬突然发现自己怀孕了,虽然并没有人怀疑,但女人自己的肚子自己最清楚。玉芬想把孩子打掉,但根本就没有机会,你爸爸每天寸步不离地守在她身边照顾她。后来一直到临盆的那天,玉芬生下了一个男孩。那孩子长得和张涛真是一个模样!纸是包不住火的,如果让你爸爸看见这孩子就完了。万般无奈之下,我帮玉芬买通接生婆,谎说孩子一生下来就断气了,按当地的规矩要早早地埋了,说是只有这样才能保住下一胎的平安。你爸爸紧张妻子,根本无暇想别的。我就抱着这个可怜的孩子跑上山了。我们约好一个月后见面再想办法,可是玉芬并没有来。等我回山下找她时,整个连都因为备战的关系转移了。从那天起我就和她断了联系,直到今天!"王雨晴讲述这一切时表情纠结,好像重又经历了一回。

我和于帆都没有说话。于帆的表情和开始一样平静,他的心里是惊涛骇浪吗?我想我是真的麻木了,几乎没有任何情绪上的起伏,好像自己根本是知道这一切的。只是王雨晴的形象在我心里有了很大的转变。她是伟大的,带着朋友自己都遗弃了的孩子过了一生,一定很不容易吧!

"那个男孩现在在哪?"于帆总算开了口。

"狸猫今年 19 岁了,在读高三。"

"狸猫~?"我重复,好奇怪的名字。

"是他的小名。狸猫换太子,有点像这个故事吧!"王雨晴说。

文见203页

文见211页

“可他是‘太子’,‘狸猫’已经死在云南那片净土上了。”我说。有这样的身世,他好可怜。他又有什么罪呢?老天从来就不认识“公平”两个字。

“对,他是‘太子’,薄命的‘太子’。”王雨晴凄然道。

“什么意思?”于帆问。

“他有很严重的肺病!这个傻孩子为了能读书,一直瞒着我和学校。只怪我太粗心了,如果及时发现就不会变成肺癌了!现在病越来越严重,可他就是不肯住院,只是服用一些简单的抗癌药物。我曾经用死威胁过他,可这孩子却平静地说:‘如果你真的想这样,我跟你一块死。’我可怜的孩子!他成绩一直很好,考取了私立雅未高中,还当上了学生会主席。命运对他实在太不公平了!”王雨晴说着说着,眼泪婆娑。

我的震惊是如此强烈!!

“你,你说什么?他是私立雅未高中的学生会主席!?他叫什么?”我不相信,我绝不相信,这又不是拍电影,怎么会这样呢?不会,不会的!

“他叫祁恒。”

我的心瞬间如玻璃般破碎!

“你骗人!我不相信!!他怎么会是祁恒!?不可能!不可能的!!”我失去理智,站起来的时候弄翻了座椅。我发疯似的狂喊,胸膛剧烈地起伏着。

“子菲!你怎么了!?你认识他吗?”于帆用力抓住我的双手。而王雨晴却波澜不惊。

“放开我!!骗子!你们都是骗子!”我推开于帆,不顾一切地冲了出去。

我跑到卢佳逸的宿舍，推门进去，他正躺在床上，惊讶地看向我这个入侵者。我一言不发地走过去，钻进他被子里，紧紧地抱住他，亲吻他。他没有说话，也没有制止我，任我抱着。我这样对他，可他却毫无感觉，完全没有回应我的意思。

我觉得自己受到了前所未有的侮辱。

我想下床，他拉住我，吻我。我咬破了他的嘴唇，可他仍不肯放开我，直到我哭了出来。

“你到底怎么了?”他问。

“你说，我该怎么办？卢佳逸，告诉我该怎么办。”我茫然地看着他，泪流满面。

“发生了什么事?”他心疼地抚摸我的脸。

我把所有的一切全都告诉了他。

“是不是很可笑？我和祁恒的相识原来只是为了他能和妈相认。我会爱上他全是上帝的恶作剧，以前听过一句话‘魔鬼是上帝的影子，天堂与地狱共享一个门槛’，呵，原来是真的!”

“……”

“你相信吗？我是说祁恒的病!？怎么可能！他身体那么好，怎么会得这种病呢？太离谱了，我不会相信的！这又不是拍电影，搞什么啊!!”

他不说话，轻轻抱住我，我趴在他肩膀上哭了很久很久，全身都沉浸在他的温柔之中……

不知过了多长时间，卢佳逸对我说。

“子非，你还爱祁恒吧。”不是疑问句，他的语气很肯定。

“我不知道。”我没撒谎，我真的不知道。面对卢佳逸，我不想再说

违心的话。

“那你到底有没有——”

“有。”我打断他,“我爱你!”

卢佳逸看着我,然后微笑着放开我,说:“这就够了,你走吧!”

“什么意思?你,难道你是想跟我分手?”我瞪大眼睛看他。

他哑然失笑:“你晕头了吧!我还没打算不要你。我是说现在太晚了,你一个女孩子呆在男生宿舍里不太安全吧!?”

“哦~~~,你想要流氓啊?”我揶揄他。

“很难说,我也是男人啊!”卢佳逸坏笑着看我。

“你敢!”我抬起粉拳威胁他。

“有什么不敢的,你留下来试试?”他说完向我这边走来。

“你想干吗?滚开,我要走了!”我急匆匆地背上挎包,跑到门口。

“于子菲!”他叫住我。

“干吗?”我停住准备开门闩的动作,回头。

“要坚强一点,那才像你。”他顿了顿,又说:“还有,我也爱你!”

(四十七)

回到家时已经快9点了。路上我一直想着今天在茶餐厅的事,我要怎么跟哥解释呢?不知道我走了以后他们怎么样了?简直满脑子的疑问!真的是祁恒吗?他的病是真的吗?怎么会得肺癌呢?癌症也是可以治好的吧?对,如今科学这么昌明,一定有办法的!

“子菲,你跑哪去了,现在才回!”于帆斥责我。

“去找贾晓了。”我边换鞋边撒谎。

“吃了饭没?”

“还没……谁来了?”我注意到多了一双高跟鞋。

“哦,是王雨晴,她和妈好多年没见,哭哭笑笑了一晚上了。”哥解释。

我没说什么,走进屋里,随便到厨房找了点饭菜来吃。于帆坐在旁边,突然说:“你认识祁恒吧,或者不仅仅认识。”

“对,我认识他,不仅仅认识……其实我到现在都觉得像是一场噩梦……为什么偏偏是祁恒?老天在跟我开玩笑吗!?如果是,那他赢了。我玩不起!”我感到很疲惫。

“……子菲,你别这样……”于帆大概也不知道说什么好吧。是啊,这一切的一切简直像某部电影里的破烂情节一样可笑。

“妈和张涛的孩子为什么会姓祁?这不是很奇怪吗?”我夹口饭菜到嘴里,没有任何味道。

“他会姓祁,应该说是王雨晴的一点私心吧。”于帆轻声说。

“什么意思?”我不解,那应该姓王才对。

“王雨晴以前爱上了一个姓祁的男人,但他们的爱情没有结果,于是她出于私心取了祁恒这个名字,希望能永远记住那个男人。”

“……”

祁恒真的好可怜,每个人的名字都带着父母给予的祝福,而他的名字却是为了记住一个与自己毫不相干的人。

“那他,怎么会得肺病的呢?他看起来很好啊!”我推开饭碗,完全无法下咽。

“这种病的遗传性很高,照医生的推测,估计是祁恒的生父,也就是张涛得过这种病。患有这种病的人初期不能吸烟,不能吸冷空气,偶

尔有吐血现象,表面与常人没什么两样。但发展到后期需要从亲人体内捐赠一半的肺才能存活……”看来于帆已经做了充分的调查。

“他会死吗?”我插嘴问。

“我不会让他死的,他是我弟弟~ 。”于帆坚定地告诉我。

“真的吗?”我茫然地看着于帆。

“放心吧,最坏也不过就是做移植手术而已。”他分析。

“可是,如果做手术的话你们都会有危险,是吗?”我紧张地问。

“没事的,手术的成功率几乎是百分之百,我们都会没事的。”他安慰地拍拍我的肩。

“也就是说,你们做这个手术就是把彼此的生命连在了一起,对吧?”

“作为快 20 年没见过面的亲兄弟,这恐怕是建立感情的最好机会!”于帆故作轻松地笑着,听得我心里一阵凄凉。

这时王雨晴眼圈红红地从妈的房间走出来。她换了件咖啡色的呢绒大衣,颈项处围着暗红色的纱巾,头发散下了,轻轻地扎到脑后,脸上化的淡妆已被泪水洗去了一半。看得出她来见妈之前特意打扮了一番,十几年没见的患难姐妹再次重逢一定都想给彼此一个好印象吧。

“子菲,你回来了。”她带上门走过来。

“嗯,那个……今天下午真是不好意思。”我低头说。

“我知道,你不用道歉的。”

王雨晴停了停,又对于帆说:“于帆,你有空能带子菲来一趟我家里吗?”

我猛抬起头。要我去她家? 也就是祁恒家!? 难道她要告诉我些什么吗? 还是祁恒已经知道了这件事? 怎么办,我该怎么面对他?

“有什么事吗?”我试探着问。

“你过来就知道了。我先走了。”王雨晴的样子很疲惫,不想再多说什么。

“知道了,再见。”于帆礼貌地与她道别。

“再见。”我说。

王雨晴走后于帆没再问我什么,只说让我早点睡。其实他问了也没用,我跟他一样不明白。可是王雨晴第一眼看到我时惊讶的神情,我还记得。想太多也没用,反正很快就能知道个中原因了。

按于帆的说法,祁恒的病是可以痊愈的吧!他很早就得了肺病吗?难道第一次在雅未高中见面时他真的吐了血?我真是笨!居然连血和红酒都分辨不了!还有那次,旋惠早就知道祁恒的病吧,我穿了祁恒的衣服,她会那么紧张就是因为她知道祁恒是不能受凉的!只有我,只有我什么都不知道,还一味地说爱他。

爱?我拿什么爱他!?

(四十八)

翌日,我本来准备捂住被子哪也不去,在家好好理一下自己的情绪。可是卢佳逸却硬拉着我一起到超市买苹果汁和感冒药。

我裹着卢佳逸送的温暖的围巾立在落地窗背后。

对面的街道上大雪铺天盖地,站在雪地里的是我曾经深爱的男孩。他依旧面色苍白、神情冷淡。我以为和他之间不过隔了一条马路的距离,却没想到这距离在我不知道的地方蔓延成了天河,如楚河汉界般不可跨越。

祁恒没有看见我。他穿一件深咖啡色的连帽大衣,一条随性的仔裤,独自一人靠在乐器店的橱窗外,身边安静地躺着吉他。他右手插在大衣口袋里,左手拿着一只汉堡一口一口地吃着,表情淡漠,犹如嚼蜡。他就这么站在雪地里,像个寂寞冷然的浪人,一直在等待有个人来把温暖指给他看。而我却躲得远远的,不愿靠近,也不能靠近。是我轻易地拥有了本该是他的幸福。他本该像于帆一样有显赫的地位,本该有属于有钱人的无忧的童年。

"……要……过去吗?"卢佳逸的声音显得茫然。

我回过神来,觉得脸上像有虫子爬过,痒痒的,伸出手轻拭下来,原来不知不觉间泪腺运转了。我仍看着祁恒,用手抹了抹泪眼,说:"不用了。"

卢佳逸张了张嘴,却什么也说不出来。我知道他看到祁恒比我还难受,因为他的眼神从没像现在这样不知所措过。

然后我们开始沉默,彼此都找不到合适的话题来充盈剩下的时间,于是决定各自回家。

跟卢佳逸分开后我并没有直接回家,突然好想看看从前和祁恒一起走过无数次的那条路。

路并没有什么改变,只是6－11的木瓜奶早已不在了。但这里的一切仍有着悄然的魅力,把我留了下来,让我打着哆嗦却不想离开。

我轻轻脱下自己的羊绒外套,一阵冷空气袭得身体彻骨的寒。干冽的冷风从我的袖口、领口往里钻,一直凉到骨髓里。我瑟瑟发抖着蹲下来,用双手抱住膝盖,这才感觉呼吸有些畅快。

空气中的水蒸气凝结成冰晶,被月光笼罩着。无数小小的冰砂在空中飞舞,像钻石一样耀眼,闪闪发光。头顶上的繁星还像当初那么亮，如果它们全都掉下来，会是永远也扫不完的精灵。我闭上眼睛，温热的液体顺着脸颊流过嘴角，滴落在白皑皑的雪地里。

有很多事，我们无能为力。

渐渐地，我感觉自己的呼吸开始颤抖，手脚冰凉，冷得近乎麻木，血液无法正常循环到四肢的神经。头脑晕眩，眼皮越来越沉，越来越沉，直到实在无法睁开……

再醒来的时候，我的周围全是一片白，雪一样的白。白色的窗帘，白色的床单，白色的护士服。

"你醒了！好些了吗？"穿护士服的女孩亲切地问。

"嗯。"我坐起来，用手揉着太阳穴。

"你这是受凉了，过两天就没事了。刚才医生过来给你输了液……"

"他呢？"我突然打断她。

"嗯？哦，他去给你买粥了。"护士想了想，微笑着答。

"哦，谢谢。"我浅浅一笑。

"那你休息，我先出去了。"说完她转身离开了。

昨晚，我恍惚记得是卢佳逸用自己或许不宽广但绝对温暖的怀抱，将我紧紧裹住送到这里的。熟悉的怀抱，让我如初生的婴儿般安心睡去。

护士出去不到5分钟，卢佳逸就进来了。他把手中的芙蓉蛋花粥递给我，在床边坐下。

"如果觉得这样自虐会好过一点，我不阻止你，但是下次记得在晕倒之前先拨通我的手机。"他看着我温柔地说。

"对不起。"我低下头，眼眶开始微微发热。

"傻瓜，快吃吧。"卢佳逸轻轻把我额前的碎发拨到耳后。

我不再说什么，听话地拿起汤匙大口吃粥。

"老婆！我从来都没有夸过你漂亮吗？"卢佳逸突然问。

"嗯！！"我看着他重重地点头。

他似乎有点不相信："真的？那不好意思哦！"然后装模作样地清清嗓子，故作认真地说："你好漂亮！"

"呵呵，你才发现啊！"我不好意思地搓搓被子。

"我很爱你。"他紧接着特别煽情地说。

"嗯，嗯，我也是！"

他今天怎么了？怪怪的。

"切，我爱你爱得神魂颠倒，可你爱我爱得一塌糊涂。"卢佳逸不屑地撇撇嘴。

"喂，我是病号耶，你还想我再多光顾医院几次吗？！"我假装凶巴巴。

卢佳逸笑，不说话。他微微扬了扬下巴，一直看着我，眼神变得不可捉摸，最后变成释然。他起身，仍然笑着说："我让护士给你哥打过电话。他马上到，我就先走了。"然后摸摸我的头，轻声说："老婆，再见了。"

目送着卢佳逸走到门边，带门出去，我心里突然涌上一阵莫名的忧伤。现在回想起来，那也许就是恋人间的心有灵犀吧。

（四十九）

出院以后，第一件事就是让于帆载我去了王雨晴也就是祁恒的家。

他把我送到楼下就离开了。

王雨晴和祁恒住在一间40平方米的房子里。家具老旧但齐全，挤挤挨挨地占了三分之二的空间。王雨晴见到我没说什么，只是指着一扇门告诉我那就是祁恒的房间，让我去看看。我走到门口的时候停住了，心里有种不可名状的东西在膨胀，紧张？激动？我不知道，总之是让我停住了。

我记得卢佳逸说过没有人来过祁恒的家，而现在我来了，并且站在他的房门前。我以为我会是除王雨晴外第一个踏进他房间的人，会有一种满足窥探欲的快感，可是我错了，当我看见他的房间内景时，我就再也没有力气向前迈半步！

我蹲在地上就哭了。因为当王雨晴替我打开门的时候，我看见，祁恒的房间除了一张床再没有任何的家具，四面墙全贴着我的照片，不是零零散散的5寸照片，而是几乎整面墙大小的四张照片！！照片拍的是我在学校时一些不经意的小动作，每张都捕捉到了我最开心的瞬间。

祁恒悄悄地为我拍下照片，挂满整间屋子，然后一抬头就能够看见我红红的微笑的脸庞。他每晚都是想着我入睡的吗？他每个清晨都是梦着我醒来的吗？我感觉身体里的血液在一瞬间沸腾起来，快没有力气支撑身体。

“祁恒在哪？他在哪??”等我能站起来，就冲到王雨晴跟前，抓住她的胳膊问。

“学校。”她平静地告诉我。

“我去找他！”我说完就要冲出去。

王雨晴拦住我，问：“子菲，你爱祁恒吧？”

“我……我……”王雨晴为什么这样问？难道她知道了我的身世？

“于帆都告诉我了。你不要怪他,我把祁恒的事告诉他后他才说的。”王雨晴跟我解释。

我自嘲地苦笑:“你知道了？呵,是不是很可笑!？原来我……”

“祁恒他早就知道了,以前我一直以为他是因为自己的病才不敢爱墙上的女孩,直到昨天看到你,我才知道他隐藏这一切的原因。不是因为他的病,而是因为他的身世。他不想夺走自己心爱的女孩的幸福!”

“你说他早就知道？不,不可能,连我也是前几天才知道的,您不是也是前几天才知道吗?”

王雨晴没回答我的话,走进了祁恒的房间,出来的时候手里多了一个信封。

“这是什么?”我问。

“一封律师信,日期是一年前的。”她指给我看。

“里面写明了你们的身世和关系。”

“他怎么会有这封信？难道他调查过我?”

“不是,信是一个姓韩的律师寄来的。看内容是他先找祁恒的,他好像并不知道你们认识。”

姓韩！又是他,韩石！他到底是谁,为什么总是调查我们的事?

“我在想……这个姓韩的律师会不会就是……张涛!”

“什么?”我惊诧不已。

“他的笔迹……我觉得很熟悉,在哪见过。”王雨晴回忆说。

“算了,他是什么都好,我现在只想见祁恒。”我语毕走向门口。

“子菲!”王雨晴叫住我,恳求地说:“只有你能劝得了他,一定要劝他住院,否则就来不及了!”

我使劲点头,跑出房间。

一直到学校,我的心情仍然不能平复,眼泪还是会在不经意的瞬间涌出来。

今天休息,学校没什么人。我跑到祁恒的教室找他,他不在。我勉强自己冷静下来想一想。直觉告诉我他在图书室。等我一口气跑了过去,他果然在那儿!

“你为什么要瞒着我！什么也不告诉我!?”我喘着粗气问他。

祁恒合上书,转过头看着我,看样子他还不知道发生了什么事。

“我刚才去了你家,看到了你的房间！还有你的病,我们的身世,所有的一切我全都知道了！你为什么不告诉我？难道我不能跟你一起承担吗?!”我表情纠结地望着他,眼泪又一次不争气地流出来。

“……”他先是震惊,然后开始沉默。

我慢慢走过去,轻轻开口道:“祁恒,你应该告诉我的。你想这样独自承受到什么时候……快去接受治疗吧,好吗?”

“别过来!”祁恒冲我喊。

“你怎么会知道这些？是谁告诉你的？呵,你现在是在同情我吗？我不需要!”他的声音冷漠。

“你为什么一定要这么说呢？你明知道不是,你明知道我不是同情啊！现在的我还有资格来同情你吗?!”

他又沉默半晌,缓缓地说:“那又怎么样呢,就算知道一切又怎么样呢？你了解这种无力感吗？生命的脆弱,是即使你固执地用刀片划长掌心的生命线也无能为力的。而且,现在你还能离开卢佳逸吗？你不能吧,那你现在追问这些还有什么意义呢?”

我急得哭了出来,大声说:“你别这样,祁恒！我求求你就接受治

疗吧！如果你走了，我该怎么办？你要我一个人怎么办才好啊！”

他看着我，苦笑道：“我对你真的这么重要吗？那卢佳逸呢？他又算什么？”

“我不知道。我什么都不知道。我好累，真的好累！”我从背后抱住祁恒，想用体温温暖他。

他没有推开我，良久转过身，抱住我，惶惶地问：“你，真的愿意跟我一起承担吗？”

第一次，我感觉到他的声音是那么无助、那么孤单，像个绝望地在等待奇迹的孩子。

我抱紧他，坚定地告诉他：“我愿意！”

那天下午我去找卢佳逸，把上午发生的事都告诉了他。然后我们都沉默了。

最后，还是卢佳逸先开口。他平静地告诉我：“老实说，我早就知道有这一天的，只是比我预期的要晚。我还天真地以为也许就永远不会发生了。其实从旋惠能为了你搞阴谋的那天起，我就知道你在祁恒心里的分量绝对不一般。”

“……”

“初恋，对女孩来讲总是难忘的吧？”他看着我问。

“……我不知道……”

“你知道的，只是不想承认罢了，你今天来找我，其实心里已经有决定了。”

“不是的，我是不知道该怎么办才来找你的！”此时此刻我发现自己再怎么解释都显得苍白无力。

“……记得我曾说过的话吗？我说如果哪天我想放弃了，你想留也留不住。”卢佳逸又拿出了万宝路，点燃。这是从他决定戒烟以来的第一次，而且还是当着我的面。

“这么说你是要放弃了？”我看着他的眼睛冷冷地问。

“我只不过是个普通人，实在没办法慷慨地与其他人分享你。这样长时间做一件注定了结果的事是很累的。爱你真的很辛苦。”他的语气仍然很平静。但我知道他是真的累了，我现在还能承诺他什么呢？

“其实今天你不来找我，我也准备去找你的。我已经决定去维也纳留学了。”

我很惊讶，他要出国？也就是说我以后都见不到他了吗？

“你什么时候走？”我紧张地问。

“明天中午。”

“这么快？”我该怎么办？我想留住他，可是我又有什么理由开口呢？

“妈希望我过去。她是我唯一的亲人，我也想多陪陪她。”

“那，那也不用这么急啊！出国不是要补习英语的吗？”我找了个最烂的理由，试图留住他。

卢佳逸失笑，说：“那种形式大于实际的事，我不会去做。”

我不再说话，低下头沉默，眼眶渐渐湿润。然后我一步一步走向门口。

他没有留我。

打开门的时候，阳光很刺眼，令我感觉晕眩、恍惚。

我转过身，对他一字一句地说：“卢佳逸，你是个骗子！你说过，每个人一生只能爱上一个人的，可我却同时爱上了你们两个！”

从卢家出来，我没有直接回家，而是去了一间酒吧。我知道自己今晚一定睡不着，与其让自己沉浸在无边无际的痛苦与挣扎之中，还不如干脆醉个一塌糊涂，醉到没有知觉，醉到忘记一切。

那天晚上，我喝了这辈子最多的酒。我不停地喝，一杯接一杯地喝，喝到天旋地转，喝到软弱无力，喝到什么都不想，直到真的能够不省人事……

（五十）

醒来的时候已经天光大亮了。我躺在自己的床上，贾晓在旁边。

"你醒了？怎么喝那么多酒！?"她焦急地问。

我想坐起来，但却全身无力。

"我怎么回来的?"我问。

"是卢佳逸抱你回来的。"她告诉我。

"他呢?"

"昨晚就走了。他经常抱你吗?"贾晓坐到我旁边问。

"为什么这么问?"

"他抱你的姿势真好看，那双手就像是为了抱你而生的！"她感叹。

我没说话，抬手看看手腕，原来都11点7分了！卢佳逸的飞机是中午吧，他已经走了吗？我突然疯狂地思念他，连忙穿上鞋子，想赶去机场。

"你干什么?"贾晓吃惊地看着我。

"卢佳逸今天中午的飞机，我要去找他！"我坚定地说。

"什么？他~？那你快去吧！要我陪你去吗?"

“不了!”我一把抓起外套,跑了出去。

我知道自己现在是一时冲动、头脑发热,但我管不了那么多,现在什么都不要想,只要想着卢佳逸一个人就好。我要留住他,我不能没有他!

到达机场以后,我一眼就看到了卢佳逸。他背着一个很大的旅行包靠着柱子傻站着。

他见到我喜出望外,却故作镇定,低声问:“你怎么来了!”

“你不想看见我吗？那我走好了!”我故意假装要走。

他居然没有拦我,一言不发。这不像他的个性。

我停住,回头看他,发现他正对着我笑。一瞬间我觉得那是世上最温柔的笑,这辈子我再不会见到比那更美丽的笑容!

笔锋触到怀中那柔软的缝隙,心就不动声色地伤了,哭不出来,但回想时的痛楚却没有半点容情的余地。

“子菲~ 。”他叫我的名字,声音异常温柔。

这一刻,我决定了,我要把心里的话全都告诉他。“卢佳逸,我~……”

“卢佳逸!”一个高昂的女声打断我。

“我在听!”卢佳逸不理睬,眼睛一刻不离地看着我。

“可是~ ……”我看见有个女孩向这边走过来,挎着手提袋,手里端着杯水,看样子是刚下飞机。

卢佳逸无奈地回过头。

发出声音的是个身材高挑的漂亮女孩。她的年龄应该不大,但衣着打扮都很成熟,眉宇间闪烁着这个年龄不该有的冷漠与忧郁,穿一身做工精巧的黑色旗袍,透出清冷的古典韵味。是那种细如瓷玉、婉约极

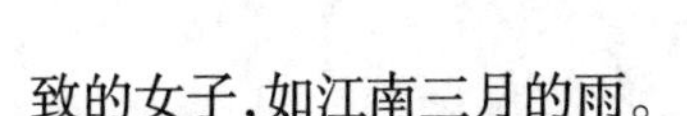

致的女子,如江南三月的雨。

“卢佳逸！不认识我了？你真健忘!”听声音她好像有些许不满。

“……”卢佳逸脸上露出努力辨认的表情。

“我是沈青!”美女挑起柳眉说。

“沈青？你~变了很多!”卢佳逸看起来有些难以置信。

“能不变吗?”沈青看着卢佳逸的眼神很特别。他们的关系一定不一般。

“……”卢佳逸沉默。

“我定婚了。”沈青伸出左手对着卢佳逸,向他展示自己高贵的无名指。

“恭喜你。”卢佳逸淡淡地说。

这次换沈青沉默了。她久久地看着卢佳逸,然后轻笑一声,说:“谢谢!”

“你女朋友?”她总算记起旁边还有个人。

“对！我是!”我抢着答。

沈青正要说什么,突然后面有个背大包的人不小心撞到她。

“啊!!”沈青没站稳,身体倾斜,卢佳逸上前扶住她,杯里的水洒到了他身上。

“对不起!”沈青慌忙帮他擦。

卢佳逸拦住她,笑了笑,说:“没关系,我去一下洗手间。”然后对我说:“老婆,等我一下!”

沈青大概没料到卢佳逸会这么叫我,脸色有点难看。唉,卢佳逸也真是顽皮,呵呵。不过他称我老婆我心里还觉得特别高兴这可是第一次。

沈青好像并不打算走。难道她还想等卢佳逸出来?

“你好！我是那家伙以前的女朋友。”她告诉我。什么居心？她叫卢佳逸为“那家伙”!

“你也说是以前了。”我的语气不太友好,谁让她刚才把我当空气。

“这是他送的吧。”沈青注意到我手上的项链。

“你怎么知道?”估计她是猜的。

“他好像特别喜欢做这种事,以前我也有一条。是情侣手链对吧。”沈青笑笑说。

她一定是故意挑拨离间,绝不能上当。这个女人,都要结婚了还想拆散我们。

“不对,这是条项链。”我没有笑,冷漠地说。

“看来你很警惕啊！放心,我没打算抢你的男朋友。我既然定婚了就不会再对他抱有幻想。你也许还不知道,爱他,会耗尽自己所有力气。”沈青淡淡地说。

“……”她和卢佳逸之间到底发生过什么？我忽然有点不安。

“那些承诺我相信只是力不从心,我不怪他。他不是那种会对一个女人死心塌地的男人,他办不到,这是他的本性。”她从手提袋里摸出一盒摩尔。

“他可以!”我肯定地说。

“我曾经也这么想,也曾经以为自己会是他的最后一个女孩。”她点燃一支摩尔,轻吸一口。

沈青的这句话让我的自信顷刻间瓦解。曾几何时,我也这么跟卢佳逸说过？我说我不会相信自己能成为他的最后一个女孩。而我现在又在坚持什么？我是从什么时候开始变得天真？从什么时候开始忘了

他曾经的轻薄?

“我知道你很爱他,我原来也是。他的确是个值得爱的人。可惜这种爱耗费大量的时间和精力,却给不了我们想要的诺言和永恒。”沈青慢慢吐出一个很圆的烟圈。

“……”

“他给不了你这些的,如果不想让自己以后太痛苦,还是早点放手吧。”沈青把烟头熄灭,丢进垃圾桶里,笑了笑,抬头说:“我老公来了,后会有期吧!”

“你不是要等卢佳逸出来吗?”我问。

“不用了,记住我说的话,这是一个曾爱过你男朋友的女人给你的忠告!”沈青挥挥手,潇洒地走掉了。留下我茫然地站在原地。

“喂!你怎么了?”卢佳逸拍了拍正在发呆的我。

“没什么~,沈青走了。”我告诉他。

“嗯。她出现之前你准备跟我说什么?”他问我。

“她走了,你一点都不关心吗?”我不答反问。

“……”

他又沉默。为什么只要关于沈青他就不说话?这不是很奇怪吗?

“为什么不说话?”我质问他。

卢佳逸还是不出声,好一会,才说:“我伤害过她,过去的事我不想再提了。”

“不想提就算了。我今天是来送你的,也许以后都没有机会见面了。”我的语气很平静,不是赌气的话。卢佳逸不会是我的幸福。我记起了祁恒,我那么爱他,我不能离开他。

“这就是你要说的话吗?”卢佳逸严肃地问我。

“是的!”我不敢看他。

“你确定吗?”他又问一遍。

“……对。”我轻声答。

广播里开始提醒乘客登机。

他静静地、静静地看着我,那一秒有一个世纪那么长。然后他笑了,笑得很绝望,笑得连瞳孔都在晃动。他说:“我早该猜到了,我费尽千辛万苦只能博你一笑,而祁恒只要一个拥抱就足够你幸福得流泪了!”

我不做声。我不知道该说什么,心情一团糟。

“给你的。”卢佳逸从大旅行包里搜出一个砖头大小的红色盒子,递给我。

“什么东西?”我没有接。

“分手礼物。”他说。从他口里听到“分手”二字,我的心像被针扎了一下,疼得一缩。

“我~没有准备。”我接过来说。

“我知道,你从来都没有我这么有预见性。”他说。

广播里第二次提醒乘客登机……

“喂,不想最后跟我说点什么吗?”卢佳逸勉强扯了一下嘴角。

“你别搞得像生离死别好不好,你是出国耶! 又不是出殡!”我强压住失落,故作轻松地笑说。

卢佳逸笑着低下头,很快地揉了揉眼睛,再抬起头,说:“这是第一次,我想为一个女孩哭,你应该自豪的。”

“呵,你会吗? 我还真想看看你的眼泪。”我很没良心地揶揄他。他笑得一脸凄凉。

“于子菲,答应我一件事。”他看着我说。

“什么?”

“永远不要再跟我联系。”

“……”

我没想到他会这么说,心里一阵悲凉。

“我想尽快忘了你,我不太适合做总是怀恋前女友的忧郁男人。”他笑说。

“对,你忧郁的样子一定超难看!”我调侃道。

卢佳逸抬手突起中指的关节作势要敲我的头,我吓得一缩脖子。他忽然改手使劲地把我拥入怀中。他很用力,我有点难受,但还是任他这样抱着。他将颤抖的嘴唇轻轻地贴在我带有凉意的耳际,发出凝聚心头的声音:“于子菲,记得我爱你!”

我双手紧紧抱住他,用自己都听不到的声音说:“明早清醒之后你会明白,你并没有爱过谁。”

广播里最后一次提醒乘客登机……

卢佳逸随即松开手,头也不回地进了登机口。

我静静地站在候机室的落地窗前,怅然若失。

一刻钟后,庞大的飞机开始在空旷的地面上滑翔,腾空……

我轻轻地抚摸着手腕上那条银色的项链,因为长时间的佩戴,它的光泽开始暗淡。

恋人即使已分手,在身体的某个角落,仍有着相同的记忆,那是曾经共同经历过的、努力拥抱过的证据。

我想你并不懂我的逃避

虽然你挥手时也会有泪滴

你不会懂，我这样放弃需要多大勇气

这一次就让我痛得彻底，不给自己留下挽回余地

让我把伤心藏到心底，让爱留在原地

所有过去都不愿再想起，让一切都过去

卢佳逸，再见了！感谢上天让我遇见你，和你在一起的日子我真的很快乐，很快乐……

（五十一）

在出租车上，我打开了卢佳逸留下的那份“分手礼物”，是一盒许德记的老婆饼。上面安静地躺着一张小卡片：

因为天，海才显得不够蓝

因为灯，黑夜才显得不够暗淡

因为你，我的生活才显得不够完整

老婆，永别了！

卡片右下角的地方还画了一只展开翅膀的大鸟，虽然画变了形，但我知道它是什么。我的心像被一记重锤击中，痛到浑身无力，痛到完全透不过气。但我没有哭，根本哭不出来，眼睛像一口干涸的枯井，空洞得没有一滴泪水。我惊讶自己会如此铁石心肠，竟然吝啬到不愿最后为他哭一场！

滴答滴答答……（我的手机）

“喂~~。”我的声音显得有气无力。

“子菲！”是贾晓，我以为她是打来问卢佳逸走了没有的。

“我现在很累，有什么事~？”

“祁恒发病了!”贾晓激动地说。

“你说什么?”我这才清醒过来。我差点把祁恒给忘了,还有他的病。

“你快过来,在同济医院。快点!”她说完慌慌张张地挂了。

我一刻不停,迅速赶到了同济医院。妈和王雨晴都在。

“你总算来了,祁恒和于帆马上就要动手术了!”贾晓上前接住我说。

“怎么这么急?”我吃惊地问。

“医生说手术要尽快做,拖得时间越长成功率越低。”王雨晴跟我解释。

“手术有危险吗?”我问。

“只有~七成的把握。”王雨晴担忧地低下头。

“七成?怎么会呢?哥说有百分百的把握啊!”我很激动,贾晓扶住我的肩膀安慰我。

妈靠坐在旁边的长椅上,精神很差,双眼无神。我走过去握住她的手,安慰她:“妈,放心吧,没事的~。”

妈也握住我的手,沉声说:“子菲~,快去看看他们吧。”

我喉咙哽咽:“妈~,你都知道了,对吧?”

妈捏紧我的双手,说:“傻孩子,不管发生什么事,你永远都是妈的孩子,永远都是妈最亲的人!”

“嗯!!”我使劲点头,眼泪像断线的珠子往下滚……

为了避免感染,祁恒被隔离在特护病房。我过去的时候,他正穿着绿色条纹的病号服站在窗户边望外面。淡金色的灰尘在明媚温婉的阳光下飞舞。我敲了两下门当中的玻璃部分,他回过头,看到我的瞬间脸上绽开了虚弱的笑容。

我示意他走过来，然后用口型一字一句地对他说：“祁恒，你放心，手术一定会成功的，一定会的……”我一边说眼泪一边不可抑制地往外涌。

他笑了。我用手捂住嘴，身体颤抖起来，用含糊不清地声音说：“你一定要活着出来，一定要，我不能再失去你了，不能了！”

祁恒听不到我说的话，仍然对着我笑。然后他伸出手，贴住玻璃，试图隔着玻璃擦干我脸上的泪水。最后，他用唇语微笑着、慢慢地对我说：“我~爱~你~！”

他说了，他终于说了！这句话我等了很久，期盼了很久，整个过程似乎有一个世纪那么长，而如今我终于等到了，应该可以放纵地流泪了！而我的心却疼得停不下来，“我也爱你”四个字卡在喉咙里怎么也吐不出口。这一句我不止一次对卢佳逸讲过的话原来并不是那么容易说出来的，面对祁恒我竟然会感觉力不从心。我哭得更凶了，只能隔着玻璃轻轻地亲吻祁恒的额头，什么也没再说……

从祁恒病房离开，我碰到了OMI和石斑鱼，他们也是来看望祁恒的。

“卢佳逸走了。”OMI告诉我。

“我知道。”

“是吗。昨天我们跟佳逸饯行的时候祁恒还好好的，没想到今天就要送他进手术室，我现在才知道什么叫做祸不单行。”OMI很沮丧。

我没有说什么。我能说什么呢？现在还有什么好说的？我只希望祁恒和于帆能平安地出来，仅此而已。

快走到于帆的病房时，我听见安婷的哭声从里面传出来。我轻轻

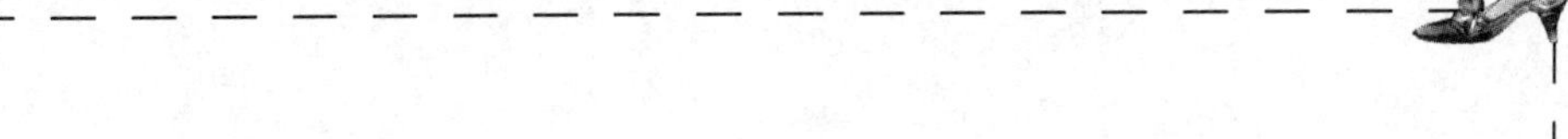

走到门口,不想打扰他们。

安婷趴在于帆的怀里泣不成声,于帆轻轻地抚摸她的头发,他们周围的气氛透着生离死别的苍凉。以前我一直认为于帆和安婷是不会在一起的,他们太相似,太相似的人会互相排斥。而如今我不再这么认为了,我根本没有资格预言他人的幸福,我所谓的女人的直觉其实一点也不灵。

安婷发现我后,直起身子坐好,拿出面巾纸把脸上的泪水抹干。我走过去拍了拍她的肩,对于帆说:"哥,我今天才发现原来你和安婷姐很配,我祝福你们!"

于帆看了看安婷,低头微笑说:"等我做完手术出来,我们就会定婚了。"

"太好了!"我笑得非常灿烂。

于帆伸出手,示意我到他身边坐。他说:"子菲,结婚以后我就不能像以前一样总守在你身边了。你要学会自己好好照顾自己。"

"自己好好照顾自己……"我打心里讨厌这句话。就好像是曾关心过你的人在跟你告别,把你像包袱一样优雅地甩开,提醒你以后的路再没有人陪伴,如果想要活下去就只能自食其力。

"来,进手术室前让我再抱抱你!"于帆张开双臂把我拥进怀里。

我紧紧搂住他,心里比任何时候都凄楚。因为,我突然有一种预感:拥抱过后,我们将天涯陌路!

2002 年 3 月 25 日下午 3 时 18 分,两辆担架车一起被推进手术室……

很多年后

“喂？子菲，快点！编辑在催呢！”

“好了好了，知道了！我马上到！”

“麻烦拿一份金报！”我把一枚五毛的硬币递给报摊老板。

在报社工作快一年了，终日的职业装和昂贵的香水，忙碌的生活压得我喘不过气来。但今年暑期我一定会抽空和贾晓一同到巴黎去看Flying的演出，我想那个新加入的外籍主唱一定很出色。

我并没有到于帆的公司上班，因为我希望能有自己的事业。

我懂得临出门前带上一颗水果，在地铁里翻阅晨报，买星巴克的咖啡，然后在等电梯的间隙喝完它。经验告诉我，梦偶尔做做就好，千万不要和现实混为一谈。如果你不是很出色，就别想要与众不同，除了顺应社会外别无选择，这就是人生（C'est la vie）。其实生活可以过得很无厘头，只要你够放松，放松到可以坦然地颠覆别人、嘲笑自己。

世界是简单的，而生活永远在别处。

在地铁里我开始翻阅报纸，偶然看到一篇关于维也纳十大华人企业家的文章。在第4名的位置赫然写着——卢佳逸！天鹰集团的董事长。那集团徽标上的老鹰一如我们那天一起去紫羊路吃老婆饼时看到的那么骄傲、张扬！

从分开以后我们便没再联系，当真是遵守了那天的诺言。而如今他的名字竟然还会乱我心绪。我想他应该已经最大限度地接近他的梦想了吧。

文章旁边还附了一张2寸大小的照片。照片中的他看起来成熟了许多，稳重了许多，戴着金丝边的眼镜——这次该不是平光镜了吧？他的手随意地搭在妻子的肩上。那是个很漂亮的混血女孩，有着甜甜的

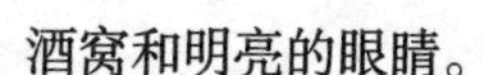

酒窝和明亮的眼睛。

她的中文名字叫——“于子菲”!!!

我惊愕地张大眼睛盯着报纸,半晌发不出声音。然后我哭了,真正的号啕大哭。在多年后的今天我终于第一次为卢佳逸哭了！并且一发不可收拾,眼袋里似乎储存着永远也流不完的泪水,绵绵不绝……

“小姐,你没事吧?”身边一位先生很绅士地询问。

我很想告诉他我没事,可身体却颤抖不已,上气不接下气地急剧抽咽。

我突然想起贾晓曾说过的话:“于子菲,这辈子你们是错过了!”

目光停留在拿着报纸的左手,无名指上有什么东西在闪闪发亮。是谁的耳环也曾这般耀眼？那不是戒指,那是我年少时的狂想曲。

卢佳逸,很难过,我们都长大了！你以前说的没错,我真的不是辛德瑞拉,她留下玻璃鞋,而我却忘了,于是我与我的王子擦身而过……

后　　记

起心想要写本书,其实源于爸爸的一句话,而能够完成它对我来说是个意外。创作是一个漫长而枯燥的过程,但我渐渐从中觉出甜蜜。

这本书能够出版,要感谢青岛出版社的编辑刘耀辉、我的家人(特别是老爸)和那群活宝的朋友们:爱叹气做亲爱状的Bear、初中时陪我傻过的珊、即将高飞的袋鼠、会切土豆丝的潘伟和狂爱shopping的米线,以及与我仅有一个月同桌缘的龚艺和她童年时那个我素未谋面的男孩。

还有一个很重要的人,我的小学班主任陈丽莎。虽然我们已很久没有联系,但她至今仍是我所见过的最优秀的教师,在这里,我要对她说声谢谢。

这个世界充满了传奇,各种邂逅更是迷雾重重,能够遇到那些人我真是有幸,今天的故事发生在私立雅未高中,而唯一能看透真相的就是外表看似平凡智慧却过于常人的你咯!(我先撤了,被柯迷们撞到就惨了!)

谨以此书献给所有心怀玫瑰色幻想的boys and girls!

李　静

2004.12.6

亲爱的读者：

您好！感谢您购买本书。

如果您能配合我们完成以下调查表格，我们将感到十分荣幸。只要您将下表填好寄给我们，就可以成为我社的荣誉读者，直购我社青春读物类图书享受8折优惠（免邮资）。

您正在就读：		
初一□	初二□	初三□
高一□	高二□	高三□
职业中学□		其他学校□
您是通过何种方式买到本书的？		
新华书店□	网上书店□	其他书店□
您认为本书精彩吗？请具体陈述。		
您还读过青岛出版社出版的其他图书吗？如有，请您写出。		
您期望读到什么样的青春小说？		
您认为本书存在哪些缺点与不足？		
您想对作者或我们说的话：		

稿约

亲爱的读者朋友：

您好！

读过本书以后，您是不是也想像李静这样正式出版一本您写的作品呢？

我社隆重推出的“拨浪鼓青春书系”是一套面向广大中学生读者的精品丛书，将随着稿源的丰富而不断扩大规模。我们的原则是“坚持原创，坚持推新，为中学生读者提供优秀的精神食粮，为文学新人提供实现梦想的舞台”。

如果您对自己及自己的作品有信心，不妨把大作拿给我们看看哦。来稿必读，来信必复！

青岛出版社　谨启

我们的联系方法是：

青岛市徐州路77号　青岛出版社第二编辑部

（邮编：266071）

E-mail：bolanggupku@163.com

电话：0532－5840308